冰月霜星

错河史诗作品 | 错河 著

江苏凤凰文艺出版社
JIANGSU PHOENIX LITERATURE AND ART PUBLISHING

图书在版编目（CIP）数据

冰月霜星 / 错河著. 一南京：江苏凤凰文艺出版社，2020.12（2022.1重印）
ISBN 978-7-5594-5433-1

Ⅰ. ①冰… Ⅱ. ①错… Ⅲ. ①史诗一中国一当代
Ⅳ. ①I227.3

中国版本图书馆 CIP 数据核字(2020)第 237518 号

冰月霜星

错河 著

责任编辑 孙金荣
责任印制 刘 巍
出版发行 江苏凤凰文艺出版社
南京市中央路 165 号,邮编:210009
网 址 http://www.jswenyi.com
印 刷 三河市燕春印务有限公司
开 本 880 毫米×1230 毫米 1/32
印 张 13.25
字 数 200 千字
版 次 2020 年 12 月第 1 版
印 次 2022 年 1 月第 2 次印刷
书 号 ISBN 978-7-5594-5433-1
定 价 69.00 元

目　录

史诗的样子

这个序是我无意中自找的。

那天，师兄王卓异回国，几个人聚聚，错河从平谷赶来，席间给大家分发他的诗集。翻看时，我随口一说：谁谁谁都能给写序，下回我给你写一个。没想到，错河马上说：好，下一部诗集已经完稿，过两天我给你发过来。卓异师兄一脸的幸灾乐祸，他应该是第一个给错河诗集写序的，知道序不好作。

那个时候我们还不知道新冠病毒会如此肆虐，正在准备欢度农历新年。我的老家在湖北，原本筹划回去给亲友拜年的，疫情打乱了所有人的计划，于是，疫情期间我闷在沧州。在世界和网络的一片喧嚣之中，我拜读了错河的这部史诗《冰月霜星》。

莫名地，诗集的名字老让我想起小时候看的半部武侠小说《金剑寒梅》，那时候我还是小学生，书是从邻居大哥那儿求来的，好像只给了我下集，当时看得津津有味，现在只记得其中有两个侠女，庄韵晴和庄韵秋，和其他两位女侠一起，四女共侍一夫，至今仍然有点儿想不明白，这样的封建糟粕为什么没有激起我新时代儿童的愤慨。一直没有去找这部书来重读，怕破坏美好的记忆。

错河的这部史诗还真是跟武侠有关，主要人物姚原历经坎坷，也是一身绝世武功，在江湖中打打杀杀，一开始就与女侠程青晗结缘，后来又遇到王印，这位朋友诗艺了得，还有一位朋友吴越，擅长画画。三人一起闯荡天涯，以元朝为背景，自元英宗始至元文宗。我很怀疑错河是接受了这样的传统：即文武兼济，方能行走天下。因此，才有姚、王、吴这样的人设配合。

在中国的演义类小说中，我们经常会读到：学得文武艺，卖与帝王家；帝王不要，卖与识家；识家不用，仗义行侠。只要与历史挂上钩，这样的观念都难以避免。武侠小说的泰斗金庸先生，也未能免俗，其收官之作《鹿鼎记》，很多人认为是反武侠的，其实，反武艺倒是确实，反侠却是未必。

错河当然是不想写武侠小说，他是个诗人。

他很清楚地，很努力地，来区分小说和诗。这是他在即将出版的诗集《清冽》中所做的努力。他说：就核心内质来说，小说的核心是故事本身，而叙事诗的核心是秩序。小说的首要任务是要讲一个精彩的故事。它也许存在价值观的约束，但这种价值观的展现往往不是发现性的，而是实现性的。即通过故事来实现人类的一些共同认可的价值，例如真善美观念的最高或某个层面的展现。

现在，在《冰月霜星》中，他试图更进一步地加入“史诗”的元素。如果我的理解不错，他努力的方向是历史的秩序。

由于汉语词的多义性，大家对于“秩序”恐怕会有各种不同的理解。我倒是想建议简单地将“史诗”的特性之一定为“历史感”，也就是，通过对史诗的阅读，我们必然获得一种对历史的某种认知或感悟。很显然，《金剑寒梅》就没有历史感，就算是分行写，也不可能有人把它看作历史。我在这里无意对这些概念术语做学术化的界定，因此，这些语词跟日常语言可以做同样的理解。我想，这也符合错河的意愿。

一提起史诗，很多人都以为是舶来品，会想起《伊利亚特》《奥德赛》。其实，中国有很多民族史诗，比如，蒙古族的《江格尔》，柯尔克孜族的《玛纳斯》，藏族的《格萨尔王传》等。错河提到汉语的史诗并不发达，其实，很多人提到的一个原因就是汉语很早就发达的史传文体，书面语的历史记录反而阻碍了口传史诗的发展。

但是，这个原因并不能成为不用现代文写史诗的理由。错河的野心是为百年来现代文体系注入史诗的元素。在他之前，同样是北大法律系的诗人，海子，也努力构建宏伟的汉语史诗。海子的方向跟错河有明显的不同，海子擅长的途径是抒情。

说到这里，我想多说一点。我是在到北大之后，第一次接触到海子的诗，还是在课堂上，谢冕先生亲自讲的《亚洲铜》。作为大一新生，也并不知道谢先生对于新诗崛起的意义。只是从谢先生别具特色的板书和海子诗歌奇异的表达中突然感受到现代诗歌的魅力。我抄录在这里，以示敬意：

亚洲铜

海　子

亚洲铜，亚洲铜
祖父死在这里，父亲死在这里，我也会死在这里
你是唯一的一块埋人的地方

亚洲铜，亚洲铜
爱怀疑和爱飞翔的是鸟，淹没一切的是海水
你的主人却是青草，住在自己细小的腰上，守住野花的手掌和秘密

亚洲铜，亚洲铜
看见了吗?那两只白鸽子，它是屈原遗落在沙滩上的白鞋子
让我们——我们和河流一起，穿上它吧

亚洲铜，亚洲铜
击鼓之后，我们把在黑暗中跳舞的心脏叫做月亮
这月亮主要由你构成

谢冕先生当时似乎没有详细讲解如何读解这首诗，只是朗诵了一遍，但我个人感受到了扑面而来的诗味，长久以来，我觉得，只有这个样子的现代诗，才能叫做诗歌。

海子的方向跟错河有明显的不同，海子擅长的途径是抒情，他在节奏、意象的把握上极具天才，这是模仿不了的。每年的未名诗会上，掀起高潮的总是朗诵海子的某首诗歌，特别是《祖国（或以梦为马）》。

错河的史诗创作中孜孜以求的是历史秩序，所以在后记中，他坦承：当他把故事嵌入到元朝的历史背景中，再冠以上古咒语的大循环时，感受了“水到渠成”。

我感觉到这个历史秩序可以按照现代诗的形式要素来分析，涉及意象性、风格和情境。明眼人自然会想到吴晓东教授联系上世纪30年代现代派诗人的创作来谈现代诗的集成之作。《冰月霜星》这一诗题就是中国意象，给人以清冷辽远的感觉。值得寻味的是，尽管置于元朝的大背景之下，华夏的各种意象是更突出的体现，也汇成了这样的风格。错河的结构安排或者情节设定，我觉得非常类似明代三言二拍一类小说的构造。当然，我不认为这是错河的刻意模仿，只是他浸染于传统的自然流露而已。

吴晓东教授指出的五个重要形式要素还包括分行和韵律。分行本质上是阅读时的大停顿，这个大停顿与自然言语不同，它造成思维的特殊驻留。韵律则主要是节奏和小停延。把握这二者看似简单，实则需要良好的语感，所以在前文感叹海子的天才。错河在分行和韵律方面跟海子的诗歌明显不同，没有那么多抑扬顿挫，或者说用“顺”来概括更为恰当。从阅读感觉上说，更类似于《格萨尔王传》一样的通达。这其实是从老百姓出发，便于民间通行。

史诗的样子，对我而言，就包括两方面，一方面是“史”，另一方面是“诗”，前者是历史感，后者是分行与韵律的艺术。通向史诗的路径当然有多种，错河的作品是朴素的那一种。

说完了与作品有关的部分，该说一下与作者有关的了。写作的错河，在生活中叫王晓东。他比我的年级高，是师兄。在校的时候，我跟他一起踢过两次球，在五四的大土场上，他带球进攻的时候就看到一个小球后面跟着一个大球。晓东兄嗓门大，很热情，跟人自来熟。毕业后，他当了律师，一次不知道什么原因，莫名其妙跟他一起吃饭，一群人当中只有他一个人高谈阔论，好像是帮什么银行打官司，把责任讲到百分之一什么的。在我的记忆中，他跟诗歌半分钱的关系没有。前两年，久违的王卓异师兄从美国回来，我们在南门外的傣族菜小聚，晓东兄从遥远的平谷赶来，一见面我就跟十几年前的印象对上了号。他仍然是放言无忌，但基本上只是在谈诗，他现在生活是极简单：写诗写诗写诗。缺钱买烟和啤酒时才去律师事务所打两天工。他只是自己写诗，用他的话说，不让他写诗，就没法活了。他的思想必须用诗的形式来表达。思想太丰富，他忙着写出来，没时间看其他诗人的东西。他连吴晓东教授的诗论都没有看过。可惜了。上次见面时他说，头发长了，没时间理，因为三十年来给他理发的那位这些天不在，找别人太费时间，在这老理发师那儿，他啥也不用说，往那儿一坐，五分钟，完事。

错河王晓东是一个纯粹的人，看过他《诗想家》的人会明白，只有北大才会容下这样的人，因为有了这样的人，北大才是真的。

是为序。

汪锋
2020年3月24日
于沧州
（汪锋，北京大学中文系教授）

自序　侠客代表独立自主的渴望

《冰月霜星》是继《三联星》之后，我个人单行出版的第二部史诗作品。

武侠小说在过去的一个世纪，成为了中国文学的一个持续热点。从学者到市井游民，没看过几本武侠小说的应该是异类。而持续时间如此之长的武侠文化，却没有达到应有的高度。

反思之下，不得不指出它存在的几个明显问题：

其一，大多数武侠小说神化了主要人物，把他们的武功形容得神乎其神。这本不稀奇，因为神灵始终是人类渴望超越自我的化身。但问题在于：神化人物的背后，却缺乏实质的神话精神，作品并没有达到神话的量级。因为神话需要更深层的思想表达、更旷远的叙事架构，从而更深远地建立起哲学性立场。但这恰是我们的武侠文化所稀缺的。同时期的作品，更侧重于娱乐消遣本身。这不得不说是一个很大的遗憾。

其二，就武侠小说塑造的人物品格来说，也存在很大的误解和偏颇。比如被推崇的“侠之大者，为国为民”精神，曾经让很多人激动不已。但实际上，这种为国为民，本是帝制下士大夫精神的要义。让仕途之外的江湖人士也和仕途中人一样秉承相同的价值观，本来不该太多去非议，但问题是：士大夫精神主要是通过依附皇权去实现这种为国为民的价值观，而侠客精神恰恰相反，通过保持完全的独立自主，即独立判断、自主行动，完全超脱于皇权之外，才成了冷兵器时代人们普遍的一种向往。由此可见，武侠文化的价值判断是有很大偏颇的。

其三，皇权笼罩下的古代，皇帝即为不可逾越的天花板。对于身处皇权之下的民众，时时幻想侠客的存在，他可以凭借独立自主的精神而摆脱这种禁锢。但我们的武侠文化，却沉迷于江湖世界集体与朝廷的割据，试图仅仅以个人武功在技术层面的超凡入圣来实现这种割据，以此作为唯一的解决方案，而不是寻求超越。而且把皇权不可置疑当作前提，并安贫乐道。因此武侠文化从没有深入而本质地把侠客所能唤起民众的独立自主之要求当成更为核心的解决之道。这也是致命的，当皇权是否合理连一点置疑都没有，更别说包含疗治痼疾的一点点探讨，完全耽于皇权下水泊梁山式的大秤分金、大碗喝酒的一时之快，秉承娱乐性去幻想一个时空用以收留寂寞的读者，这就更让我感到汗颜。

于是我按捺不住，不以小说的形式，而是用这一部史诗作品《冰月霜星》来表达我的武侠观念。我大致有以下几个初衷：

第一，诗歌与小说的区别就在于：小说是以偶然性的聚合来讲传奇故事，但史诗则是依靠内在的秩序来推动叙事发展。神话色彩恰是史诗比小说更为侧重的，但我在这部作品中，反而淡化了细节处的神乎其神，更强调逻辑和秩序本身作为推动。因此反而比大多数武侠小说要更现实得多。尤其这部作品选取元代中期做背景，来展现当时的社会图景，就更加强调比较贴合的历史感。

第二，我设定史诗中的主要人物各自精通一门艺术，也更强烈地暗示读者：侠客精神是独立自主。为什么？因为在皇权时代，唯一一个比较现实的超越皇权的途径来实现这种真正独立自主的精神，始终仅仅存在于艺术活动中。唐宋的诗歌精神之所以被称颂，就是每一个诗人都把自己的至高精神巢穴放在对美的追求上，独立自主，才保证了自己在仕途坎坷之中依然能够自得其乐、自满自足。而侠客的精神，则与艺术是最相近的，恰恰不是依附皇权的士大夫价值观。也正因为如此，侠客们借此而超脱于皇权之上，才能坚实地加以秉承和延续。而实际上，也正因为侠客类似的独立自主之精神，在民间才获得了与诗人们几乎等同程度的敬仰。在冷兵器时代，它代表了大众极其美好的幻想和渴望。

第三，这部《冰月霜星》既讲一个死囚逃亡中成长为一代大侠的故事，实际上也以此来喻示帝制这个更大的囚笼中，讨论冲破它的更多冲突与解决之道。虽然放在那个历史阶段中，不可能有更多的方案，但始终认为侠客独立自主的精神之普及，才是最终的摆脱帝制枷锁的更普遍之可能。

第四，为了让史诗本身叙事更为简洁流畅，借鉴小说的叙事优势，我没有耽于在其间卖弄复杂的文法和插入大段的讲演，始终努力让这一部史诗作品更能着力打造出一个更趋于完整的世界，然后用这个世界去刷新人们的认识。这也是史诗应有的责任，而不像小说一样仅仅为了收留读者。希望借这部作品让人们可以看到：在任何历史阶段，从不曾缺乏实现现代文明的种种萌芽。

当然，过去的武侠文化的高峰亦作出了重要的文学贡献。枝节不必多说，一些经典作品不单纯去讲一个故事，而是成功地缔造了一个个完整的世界，从而指出了路径来实现对语言表达形式的超越。就这个角度来讲，它奠定了现代文学中一个重要的方向性的基础。而这也是我在本部作品里想要着力追求和延续的。从这点上来说，我的史诗和其他小说殊途同归。

当然，读者们在阅读之后能否感同身受地与我达成一致，还有待检验。

最后，感谢大家在书中与我同行。

错河

2019年11月6日

引子　中秋得醉

年少我醉月也醉
影重晃巍巍
而今老
花眼望月叠叠辉
月常醉
时亦酌几杯
人难醉

醉人方为酒
余恨才是情
当年常以对
而今苦尽之后皆觉甘美
不醉好解味

少羡大夫老慕侠
气盛之念
左右君王借立威
赤诚天下名随垂
今知风扶草
难支大厦不摧
应将侠客佩
人人独立任来回
自主命不危

少伴红颜诗好为
老念旧作伴妻寐
青楼结红尘
诗唱千遍无人醉
唯酒贵
今纸黄
如冬苇
浅读万遍
妻仍含泪

又中秋
少时常与月同醉
她未醉

而今看月总似醉
人难醉
她与我花眼携手共望月醉醉
每每言
清清忆君一生英雄事
如酒不尽
细细酌一杯
君不醉
我醉

人老月易醉
月醉方知岁
一生醉一人
渐知岁月味

序　言

相传，在夏朝以前，华夏大地有一个极其漫长的朝代，被称为虞时代。

数百部族散落长江和黄河流域，先是分布在各处，后来因为人群规模的扩张，以及渔猎范围的扩大，渐渐互相发生了越来越多的联系。他们之间又不断互相吸并，最终形成了八大部族，各据一块。（注：上古八大姓氏：姬、姜、姒、嬴、妘、妫、姚、姞）

而后为了抵御外围蛮族的侵犯，或者为了在大灾之年能够幸存，八大部落开始结盟。共同推举执事。执事负责协调各部族之间的资源，也对彼此之间的争议进行公断。为使联盟常态化，他们共同以龙为图腾，又规定了执事由八大部落选任执掌。

上天没有行迹可以看到，但日月轮转，有黑夜和白天，四季也因为太阳的远近而轮换，从中能推知自然之天的存在。所以大家都以上天为最高神，遵从它就会风调雨顺，相反就会发生灾害和祸乱。

各部都相信，上天会生九子为龙，降临人间，来执掌天下的公正与繁荣。各部都是龙脉之一。而八大龙脉，共同遴选的统一执事者，就是第九条龙，也是最尊贵的龙，负责带领大家同心协力，应对自然灾害和蛮族的侵害。所以每个部落，都会选一个自己的首领，作为龙的传人。而第九龙的传人，由八个部落的首领推选。在其协调下，互相帮扶，处理部落之间的争议，因此大家都能得以安居乐业，积累知识与智慧，为所有部落所共享，更了解自然之天，使大家得以更好地生息繁衍。一旦某一部落的首领被推选为九龙至尊，部落首领就会另选一人，作为部落首领。始终保持九龙共治的传统和态势。

又为了互相制约，约定九龙至尊的权限。他只负责处理八大部落之间的公共事务，而对于八大部落的内部事务，则无权插手处断。除非大的自然灾害，或者事关多数部落的生死大战，才会由九龙至尊打破界限，调集一切可用的资源。

九龙至尊并非终生执掌，以三十年为限。但大多数执事，因智慧和知识毕竟有限，难以对一切了如指掌，对自然之天的规律与意志难有充分的认识，总会有大差小错，所以大多数都会中途退位，不愿意再自取其辱于各部族面前，怕折损了原来所属部族的声望，再也无法让执事从自己部落中获选。所以很难坚持满一个甲子轮回。通常在退位前会主持推选，禅让下一任。所以天下平定，各部族都能均衡发展。

而期间不分男女，皆以品德、才能和公正为标准或者以谁的智慧和知识更充分而优先推选。所以风调雨顺时期，多以女性掌权。而战乱或灾害时期，男性的果断与勇武则更为突出，常常被选任为九龙至尊。

这便是虞时代的形成与发展。

到了大禹担任执事之时，因为水患遍地，他成了千年以来不多的几个人之一，作为执事满了三十年。因此他子嗣众多，孙系更繁杂，因治水的需要而集结了天下的所有资源。而其后代更是比其他人更容易地积累了智慧和知识，远胜各大部落其他人选。所以大禹在担任九龙至尊的时候，儿子启也随后当选了大禹所属部落的龙的传人。

大禹届满之时，力排众议，把执事的位子交给了儿子启。来继续合力治理黄河后患。但这种父子相传，打破了几千年以来的轮流执掌制度，没有任何先例。

所以八大部落为了制约这种父子相传，共同对天盟誓，设下一个毒咒：如若启再父子相传，不以天下为家，而以家来驾驭天下，则以八百年为限，用尽这八百年的气数，家族就会血脉自断，而且永远再没有机会作为九龙至尊来执掌天下。

大家还一起盟誓，设下规则：即八个部落各为龙脉一支，到了王朝的命数极限的时候，都会自然产生一个龙子，来争取重新恢复推选制度。如果能得其中一支的龙子合力支持，国运可续展一百年。如果争夺中其中一个龙子被杀害铲除，则不仅不续一百年，还要折损一百年国运。而任何一个龙子虽然没有被杀害，但被胁迫与君主共治，续展国运最多不过五十年。这个规则永远不能被修改。

而靠子嗣相传的天下之主，倾尽自己祖上积累的人脉，再加上自己后人的所有努力，也不过自续一百年的运力。

按照盟约所定，据此推算如果建立仍以一家一姓世袭的君主之国，子嗣相传，最多不过八百年基业。而大限一到，天下八大部族的龙子就会现身，一起推翻一姓君主，重新恢复九龙至尊的推选。如果任何一个支脉的龙子，凭借武力得以成为天下共主，仍然不恢复八大龙脉商选制度，还以君王之制度而家天下，仍要遵循毒誓的规则。

只有八龙齐聚，八脉合联，恢复九龙至尊的商选制度，根据所有人的共同利益，也根据才能品德，禅让轮选，天下才能万世平安。

八大部落的首领们，带领所有参加盟誓的人，咬破手指，滴血共和，对天共誓。而启也发誓不再传于子嗣，方被选为执事，成为九龙至尊。

但启传承了大禹自私自利的性格，果然又违背天下共约，假公济私，利用集聚的治水力量威慑天下，又用高官厚禄来贿赂，同时武力专断，又将国家再次私传子嗣，自此正式开启了君主治国时代。

又因此时还没有文字，八大部落还靠结绳记事，口口相传他们的约定。启之后混淆视听，发明文字并加以垄断，以说明他乃天命所授，自己的一家就应该世代掌权。试图把这八脉血盟之事彻底涂抹干净，使得毒咒不会相传下去。此外，还打乱各部族的居住之界，让所有人混杂而居，从而更便于世世代代把自己的一家一姓凌驾在所有部族之上。而迫于大禹一姓的淫威，八大部落，只能尽力将毒咒口口相传，相约要对启合力一战。

而启为传子嗣，扑灭八部中的策反，但八部之中谁得真传成为龙子，毒咒约定全凭天意，谁也难以分辨。所以扑灭这场合力之战时，只能胡乱屠戮，无法确认该留下谁来作为龙脉续命相传。

最终毒誓应验，夏朝不过传了四百余年。上天自有其自然之法，众人的盟誓，形成了人的合力所愿，又付出了流血的代价，让这个合力终被上天所确认，因此世代融进血脉，成为自然之法而得以永远相传。

此后，夏到了国运极限，商汤作为新贵灭夏后又违背誓言，私家私姓依然凭借武力传国，再次有违毒咒，而流血的战争再次强化了咒语，虽然穷兵黩武，因为八部早已散乱，无法分辨八部分支的龙子何在，故而也不过传了君主之位五百年。

而商纣王后，又到了国运极限，八龙又按照天时现身，但经过两个朝代的涂抹，九龙毒咒早已经知之甚少，但文武二王却私下知道利害关系，因此没有大开杀戒，改为分封制。但终究是家天下而守君主之位，亦自诩天子，故而纵然推行礼制，国运也没能凑够八百年。

此后，到了大限，毒咒又重新显示威力，天下枭雄并起，完全凭借武力战争夺权，自嬴政以始皇帝自居而治国，已经完全忘记了八部龙约，所以改朝换代，全凭武力杀戮，更加频繁，毒咒也因为血染江山而再难逃脱。所以此后历代国运之限大多仅有两三百年。

而九龙至尊一直缺位。

是以中国帝制一统时代，纷纷更乱，杀戮极盛。而血盟为誓，天设毒咒之说，为历代禁忌，都要自称万岁，竟然在文字中再不见星点迹象，灭失不见。孔丘妄自为圣，也蒙在鼓里，只知道克己复礼，却不知道克己复盟，终究难以平息天下之乱。

而这个毒咒盟誓，却不曾改变，始终有人私下口口相传。它早已经因为当年的天人合一之共念，加上历代鲜血的洗礼，而成了自然之典，永为上天作为咒语来约束人间。

故而，一到王朝的国运极限，天下必有八大龙脉的骨血传人出现，八个人命数极大，又有一呼万应之力，强争暗夺，谁主天下又要闹一个覆地翻天。因为八大部落早已经杂居，分不出八龙传人分别代表哪支哪脉，所以出现之时，不再必然以贵族身份出现，时常只是一个平民，但已经无人知晓，其实他们就是自然的八大龙脉传人。

毒咒早已秘而不揭，传人们也只为一己之私而各自夺权，安知八龙共和，选以九龙至尊，协同共理华夏，方能天下共利，人人共益。孤家寡人，私持天下，故而使得天下如牢，人人互相涂炭。

第一章　南坡之变

一

忽必烈后
大元在华夏主政已经有四十余年
并非采用嫡长子继位的汉人朝代的旧制
而是主要由家族传承
依靠的是武装实力
但还保持形式上的蒙古贵族们择优推选
因为还要名义上统领其他蒙古汗国的大汗

到元仁宗被元武宗立为太子之时
仁宗为武宗之弟
约定仁宗之后当传位于武宗之子和世㻋[①]
因此得以登基驾驭大元
名义上统领其他宗属蒙古的四大汗国
但仁宗继位之后
不仅废武宗的国策
还驱贬了武宗的长子和世㻋
连同其弟图帖睦尔[②]也放逐云南

---

① 即后来的元明宗。
② 即后来的元文宗。

更于改立延祐年号之时
恢复科举
史称延祐复科
大力提倡汉化的儒学大一统观念
试图建立嫡子相传的中央集权
同时开科取士
允许汉人通过科考为官
虽然录取数目不多
却是对各民族与阶层矛盾的重大改观

仁宗后期
立了同样支持汉化的儿子硕德八剌为太子
一个十几岁的少年
仁宗通过系列政策缓解了大元财政的危机
中兴的态势初显
但因违背与武宗的还位之约
又因汉化与否的争端
也让朝堂的局势更加复杂纷乱

二

仁宗只在位九年
去世后英宗继位
太皇太后答己便急切任命
让老奸巨猾的铁木迭儿为中书右丞相[1]
共同进退

---

① 元时以右为尊。

节制刚刚成年的英宗硕德八剌之皇权

而英宗年少势弱
只能韬光养晦
暗暗扶植自己看好的官员
其中最赏识的
还是蒙古著名的木华黎大将之后
名曰拜住
两人年纪相仿
又都有相同的兴国安邦的长远宏愿

这期间
中书右丞相铁木迭儿倚仗太皇太后的支持
敛财乱纪
胡作非为更加变本加厉
但因元廷的汉族高官
还是宋朝以来的士大夫遗风
总是对铁木迭儿的行径弹劾参贬
因而他不仅反对汉化
还要极力铲除汉官

三

这一日
夏季通常到上都避暑
在上都
英宗大摆夜宴
要借机让爱臣拜住才华得以显现

也是敲山震虎
对异心之臣予以规劝

那拜住果然不负众望
不仅在校场上显露骑射的精彩功夫
让木华黎的遗风尽显威严
而且在酒宴之上
慷慨纵谈
让英宗更加爱怜
也平息了满朝旧臣一直的非议
拜住不过二十出头
却已经是飞箭一般地升迁

英宗喜上眉头
喝酒更是爽快
在蒙古舞蹈表演之后
一时兴起
竟叫了特意从大都带来的汉人歌舞乐班
当众表演

那乐班之中
有男有女
都是十四五岁年纪
先是汉人女子以仙绫舞开演
水袖长绸
再加上柔若柳丝的身段
让众臣看傻了眼

英宗正是血气方刚
一直隐忍
如今借着酒劲让汉人文化彰显
好暗地里传达汉化的信念之坚

一曲终了
又叫上少年男班
表演拨花玉剑舞
那五位汉族少年
既有阳刚之美
又是从小习练
柔韧性竟然不输女子
众人呆呆观看
也手舞足蹈
借着酒劲效仿一个个少年那舞姿的美轮美奂
一时间大臣们显得笨拙混乱不堪

只有那老奸巨猾的右丞铁木迭儿
一直冷眼旁观
此时终于找到把柄
大喝一声
摔了酒杯
酒宴因此立时中断
乐手戛然而止
那五个舞剑的少年也呆在中间
众臣凝住
还是最后一个动作未收
丑态尽显

铁木迭儿阴森森地说道
陛下
这汉人的妖娆造作之舞
岂不是羞辱我蒙古的粗犷
这也就罢了
汉人非军户非战时不得持有武器
这是开朝以来形成的治国例典
今天
竟然在我蒙古的朝堂圣地
汉人挥舞刀剑于满朝文武之前
这岂止是侮辱
简直是把我们蒙古当成了鸡猴来看

英宗一时语塞
竟然不知道如何应谏
此时酒醒
方觉考虑不够周全

正沉吟间
中书参事韩若愚站出来
说道
陛下正是以此舞蹈明鉴
天下之治
不是以兵器就能实现
还需厚德明法
才可驾驭天下亿万之民
汉人以武力相争

累积招招式式几千年
最后还不是全部臣服大元天子
此等用意
是圣上告诉大家
没有开明之治
那些刀剑最后就会成了新主酒宴上的戏耍之欢
大家应该以天下生民为重
合力一处
同心同德
让皇帝的神威
不能辱没在我等面前

那铁木迭儿大怒
抄起另一个酒杯就砸向韩若愚
骂道
你这等汉狗
不仅妖言迷惑仁宗先帝
又挑拨少帝不分蒙汉
这还不算
竟然七年以来
屡屡上奏参我行奸做佞
身为我中书右丞相的参事下属
这般地祸乱朝纲
今天居然口称与少帝同德
还要不要你这汉狗的嘴脸
我一生征战
辅佐五代君主
岂能坐视不见

此时四川行省首脑
平章政事赵世延
应英宗的御召而在大都觐见
也正列宴于前
愤而起身说道
我非汉人
也非蒙古贵族
却也见不得你胡作非为
弹劾你十三条大罪的不是别人
正是我
今天再加你一条大不敬之罪
朝堂上摔杯打碗

那铁木迭儿已经六十多岁
哪受得了这两人的夹攻
向来是睚眦必报的小人
气得浑身颤抖
马上跪在太皇太后跟前
说道
还望太皇太后明断
我一生征战
功绩赫赫
今汉狗韩若愚
不仅放任汉人狗崽子在您面前舞剑
还要主张汉蒙共治
您再不出面主持公道
我有何颜面地下将列位先帝朝见

今天才知道
赵世延这个色目人
竟然参我十三条大罪
欲要置我于死地
我所作所为忠于蒙古先帝
您都是亲眼所见
若不将这二人斩首示众
我就撞死在您的面前

此时满朝大臣也回过味来
竟然有一半也忽然跪下
都是铁木迭儿的羽翼
共同进退
请求太皇太后处断

太皇太后正要发话
呆立在场地中央的五个少年其中之一
忽地走出队列
远远地也双膝跪地于英宗面前
一言不发
伸出左臂
用右手的所持的银剑就砍

众人惊呼
怕不利于圣驾
岂知那剑砍在少年的左臂上
立时折断
原来不过是一支木剑

涂了银漆
却惹出这么多事端

那少年不善言辞
却坚定开口
说道
韩大人和赵大人
口碑极好
连我等下贱之人
在大都北京的时候也都有所耳闻
今天冒死
也要证明这一切起因的舞剑
并非是越法作乱

太皇太后脸色一沉
赶紧怒道
把这小孩给我拿下
竟然在朝堂上用剑

侍卫七手八脚扑过来
把那少年扑倒在地
用绳索结结实实绑了
听候决断

然后太皇太后说道
韩若愚一心向汉
这赵世延又信口胡言
连同这个作乱的不知好歹的汉人孩子

请少帝你做个公正的了断

那英宗一直静观其变
此时知道难以再推脱开去
必须降罪
才能让太皇太后重现欢颜

但那铁木迭儿历经五朝不倒
一向贪得无厌
多次被众臣弹劾
仁宗将其罢免
如今太皇太后在仁宗刚刚驾崩之时
又立刻任命他为中书右丞相
成为百官之首
不能对着干
为天下大计
还要继续隐忍几番

然而
韩若愚一向心怀天下
是自己汉化的信心所在
赵世延忠心耿耿
今又为韩若愚仗义执言
此汉化之策不能中断
而那汉人舞班少年
小小年纪
就有如此胆量
明辨忠奸

一个也不忍心割舍
但又不能明面违抗太皇太后对铁木迭儿的娇宠
于是皱眉欲言

此时左右为难的局面
拜住忽然站出来
单膝跪于英宗面前
说道
此事皆因舞剑而起
而舞的不过是一把木剑
都是大家喝酒过酣
火气大了些
若因此治以杀伐的重罪
传出去会令天下人耻笑我大元
酒后自乱
还请陛下明鉴

这拜住果然决断之力非凡
避重就轻
不参与蒙汉之争
打乱英宗的长远局面
又轻易跳出乱局
强调因酒而自乱
给英宗一个大大的台阶
又以自己蒙古贵族的身份
巧妙支持了蒙汉合为天下的观念
象征性代表了沉默的另一半朝臣
让满朝文武

对时局不敢轻易断言

英宗瞬间豁然
大笑三声
说道此言极是
都是我的过错
酒兴正酣
没有跟大家说明这是舞的几把木剑
才引来这场纷乱
既然太皇太后有言
是非也要做个明断
韩若愚革职除名
赶回老家
赵世延打入牢中
严查其是否有指摘中书右丞的真凭实据
不实则再判
至于这个汉人少年

说到这
问道
你这小孩叫什么名字
那少年也不惧怕
本就怀着向死之心
答道
我叫姚原

英宗听罢说道
乱儿姚原判处问斩

因其尚不足年
问斩时间
需待我回到大都北京之后
查明谁是主使
意欲何为
再行处斩
其他歌舞班人员全部轰出上都
限三十日内离开草原
回到汉地
永不得再过燕山

那太皇太后
知道此事处置过轻
但皇帝已经罪己在先
又的确因喝酒舞剑助兴而起
而不过是把木剑
若再深责
不仅贻笑大方
而且自己太过明显的偏袒
又明显折了小皇帝的威严
自己年事已高
恐怕以后朝堂会更加混乱

便说道
少帝明断
金口玉言
此事全数交给右丞相执行
右丞大人

你接旨赶紧去办

那铁木迭儿一脸的不情愿
又没有其他办法
再不能不管不顾地要这张老脸
只得叹气说道
遵旨
又咬牙道
我这就去办

四

那赵世延
始终忠心耿耿
直言敢谏
又贤达能干
四川大饥荒才被派去处置
立竿见影
刚立了大功一件

可怜落入铁木迭儿之手
严刑拷打
诱使他招供
又安排赵世延一个弟弟来诬陷
想借赵世延之口
铲除朝中的其他汉臣和异己
但赵世延绝不就范

而大元时期
向来没有成文的统一法典
全靠先例和习惯处置
散乱无章
纵使一代君主颁布了系统的法典
学习汉人
改朝之后
又被荒废搁置
还是难以推行
实际依据的还是那些散乱的先例和习惯
英宗知道赵世延难逃劫难
过了月余
问过案情
公示朝中
对赵世延作奸犯科之事
问铁木迭儿是否其弟能出来对质
但其弟哪敢
早就跑了
又拖了两个月
仍然不见人出来
于是赦免了赵世延
并立下一个例典
对质人百日不出
则释放等待对质的人
因此让赵世延天日重见

而铁木迭儿不死心
又上奏太皇太后

凭借她的旨意
又重新把赵世延投入监狱
变本加厉地折磨拷打
想逼赵世延自杀于大刑之前
赵世延却绝不寻短见

而英宗眼看铁木迭儿祸乱朝堂
而太皇太后又背后支援
只能忍气吞声
铁木迭儿又串通指使亲信大臣
得寸进尺
屡次诬陷拜住
英宗始终置之不理
反而对拜住更加深信不疑
提拔他为中书左丞相
方使局面稍缓

而拜住直言抗争
立主释放赵世延
趁着铁木迭儿离开大都去漠北之时
放了赵世延
并派人护送回南京避乱
于是一场宫廷大乱
已经是暗暗涌动
势将无法避免

五

然而天意难违
铁木迭儿正要回大都闹个地覆天翻
鱼死网破
却忽然暴病于回大都的路上
不足三日便已经归天

他死后不到一个月
太皇太后也重病不起
喘息十日
也撒手人寰

于是英宗与拜住
两个志向高远的年轻人
得以日月合璧
准备宏图大展

英宗将拜住升任中书右丞
且不设左丞相牵制
同时大力提拔汉官
张珪、王结、王约、吴澄等
这些旧官和科举士人
均被委以重任
复兴士大夫之风
听命于近前

又改革赋税劳役制度
减轻天下百姓的负担
为使制度久远
又使人编修了《大元通制》
学习汉人的大一统的治理法典
局面从此逐渐改观

而与此同时
君臣联手
抽丝剥茧
去除一起反对汉化的铁木迭儿的党羽
让朝政不再乌烟瘴气
同时也是杀鸡儆猴
让朝中保守一派
不再阻塞政令施展

但百业待兴
却低估了他们的势力
留下大患

六

因宫廷之争白热化
姚原一直被关押在大都
无人理会
两年后
英宗与拜住又来上都避暑
初秋启程

欲要回大都执掌江山

上都毕竟是蒙古旧贵族的集结之地
盘根错节
多有不便
而大都侧重中原故地
这才是兴盛之源

一旦返回大都北京
就能隔离旧制的牵绊
更好把新政推展
尤其赋税劳役改革
取消了许多封王每年所领的岁赐
招致很多不满
也让一切越来越举步维艰

拔营起军
英宗才想起姚原
特意用囚车带上了这个少年
打算到大都之时
就放了出去赦免
甚至还给个宫廷后务的小官
掌领舞乐之班

拜住与英宗
并驾齐驱
两个正值大好年华的青年
把天下大事纵谈

也对大元的复兴
信心万般
欲要平天下利万民
宏图大展

出上都三十里
已经是天色将晚
大军驻扎南坡
大帐之中
英宗与拜住把酒言谈

岂料
半夜里
亲军统帅铁失带着十几个禁军亲信
持刀闯进大帐
那铁失乃英宗所册立皇后的弟弟
却一直是右丞相铁木迭儿的义子
忠心不二的羽翼
随着铁木迭儿死去
铁失早就牵扯其中一桩献田贪污的大案
英宗与拜住杀了很多铁木迭儿的贪腐死党
铁失婉转请求大赦天下
自己好借此洗脱罪名
否则早晚有被清剿的一天
但英宗却严词拒绝
还训斥了他
所以更加惶惶不安

而英宗
一心在改革之中
要树立儒家大一统的集权
收缴军事行政权力
竟然忽略了自己的侍卫亲军之权
近在身边
拜住曾经多次提及此事
但英宗以为回到大都再做决断不晚

岂知铁失如此阴毒
暗地里联合了五六个被取消了岁赐的蒙古诸王
又与漠北的晋王也孙铁木儿约定
政变之后晋王称帝
自己升任高官
而被打压的其他一些蒙古封王也参与其间

于是南坡大帐中
英宗与拜住
被乱刀砍翻
可怜刚见起色的大元
一夜之间尽失两位英君明臣
从此又陷入纷乱
而此前的四五位皇帝
多则执政八九年
少则四五年
便又换代更权
任何政策都难以推行
半途即阉

然后铁失等趁乱夺了玉玺
又连夜奔赴大都
收了各个行省和六部的印信
一起到漠北献给晋王
晋王凭此即位
被称为泰定帝
即位之日便下令诛杀了铁失与各个参与南坡之变的封王
以平息蒙古朝堂的非议
同时继位不正
又终止了矛盾激烈的汉化政令
维持旧状裹足不前

铁失机关算尽
终究还是作茧自缚
落得一个身首难全

七

而南坡之变那一夜
人喊马嘶
两派亲军杀个昏天黑地之间
从暗夜里闯出一个头发夹白的长者
约有五十几岁
奔到囚禁姚原的囚车之前
砍断木栏
提起他瘦弱的身子
夺过一匹受惊的战马

骑上马便一起逃出了生天

黑夜里
只是一会
便已经是人影不见

而英宗被杀
亲军大乱
没有人注意这个舞班少年

泰定帝坐稳大位
搁置了元英宗的《大元通制》
又回到遵守先例和习惯
蒙古人与其他人有别
平复了蒙古贵族暂时的争端
才有时间细细梳理南坡之乱
方知道有一个汉人少年死囚逃脱
在铁木迭儿旧部的请求下
在大元全境发出了海捕公函
画了姚原的人像
要求各地悬赏查办
抓到活的赏十万钱
若是尸首则值三万

第二章　燕山学剑

一

燕山太行相夹
大都就在两道天险收会之旁
向南
则是千里平原沃野南望
沿燕山东去百余里
便是平谷小盆地
山峻林莽

在东指壶峰
山泉流淌
姚原便被白发老者带到此处
住在一间草房

此时
姚原才有时间把老者打量
但见他头发虽然夹白
却是神清气爽
虽经过上都到关内的长途奔波
却依然面色红润
气息匀畅

那老者收拾齐整
才对他说
姚原小侄
我们就在这里住下
元兵不会想到
我们就隐居在大都之旁
姚原跪向那老者
说道
敢问伯父大名
您怎么知道我叫姚原
救命之恩永记心上

那老者赶紧扶他起来
笑道
你两年多前舍命袒护元廷中的汉人忠良
功德早已传遍大江南北
是所有汉人眼中的小英雄
南坡之变被我赶上
救你出来也是天缘所定
出手相帮
我姓白
草字横阳
叫我白伯就是
等市面上平静三年
你有了胡须便不会轻易被认出
再下山闯荡不妨

姚原细细一想
自知那些舞乐班的人众
被赶回关内
别的不会
只能卖艺流浪
定是他们口口相传
不料想
汉人之中几年间尽人皆知
竟成了如此风光
知道自己戴罪之身
只有躲到长了胡须变了模样
才能下山自食其力
不再依附别人肩膀
也就再行磕头
再谢一场

二

姚原在狱中关押两年
虚弱万分
但毕竟年少
不出半月便已恢复如常
便开始在一块踏平的小场
又重新练起舞班的基本功
三五日后
又矫健异常

本就削瘦

再加上灵动与从小的勤奋
那些手翻空翻
做上几十个也是不会走样

忽然一日
白伯现身
一边鼓掌
一边大赞其天分根基都出类拔萃
便问愿不愿意学些拳脚功夫
好重出江湖闯荡

姚原说
我五岁因瘟疫没了爹娘
被我家叔叔卖给了戏班
离开了河北赵州的家乡
此后六岁被大都皇宫的歌舞宴官相上
从此进入宫中
一直练习舞技
从不与外面接触
这功夫是什么
真不知什么模样

那白伯哈哈大笑
说道
你的舞是艺
只为让人观赏
这武术也是施展动作
却不为看

而是为了攻防
攻击要用最大之力
制敌死地
防则是相反
化解别人的攻击力量
自己不伤
才能寻机打倒对方

姚原点头
说道
我从不与人争执
攻就算了
如今已成死囚
躲防却是必要的伎俩

那白伯大笑
说道
攻就是防
躲未必就能防

三

从此
那白伯便开始教姚原功夫基础
从近身擒拿
到远身长拳
再到急袭的连环飞腿
十几种功夫套路

却是江湖上的基本看家本领
教授倾之以囊

元朝以来
禁止汉民持有武器
连菜刀和剪子
都是严管
十户人家共用一套
轮流执掌
所以这拳脚功夫便是日常
就算江湖侠客之间
轻易也不敢刀剑出手
不到万不得已
绝不会使刀用枪

那姚原是何等功底
能进入宫廷舞班
本就天赋异常
再加上他痴心热爱舞蹈
更是用功非常

所以白伯只需一遍示范
任何一个动作不用再说二遍
便早已模仿得毫不走样
因此不出几日
白伯让他打任何一个套路
都极为流畅
用起功夫拳脚

对背后的玄机与动向都了如指掌
就像身经百战一样

四

不几日
白伯就要和姚原对手
以把所教变成实战的应用
不再是花拳绣腿的小伎俩

于是在踏平的小场
开始切磋
那白伯招招狠辣夺命
但姚原头次实战
开始还有些慌张
但很快定住心神
游刃有余的避躲
有模有样

那十几套功夫的动作
对于攻防
都是优化的形体动作
既可防守
又暗带攻势
转换自然流畅

虽然白伯动作更为娴熟连贯
把十几种功夫混合而用

可是凭借天赋
姚原动作之快
纵然只守不攻
也坚持了五十余个回合
白伯已知道
再这样下去
一时难解难分
于是一个新招式
用上姚原没有见过的临时应战的伎俩
追身拳打小腹
算准姚原必要斜跳
道理上应为打击先出拳者的斜侧空当
却接一个后转身
脚后跟攻击
那姚原只当全是考他是否学会已教的定式
只能就范
耳后被白伯脚后跟重击
立时昏了过去
躺倒在了一旁

五

待姚原醒转
见白伯正在身旁
他托了托他的肩膀
说道
孩子
你宅心仁厚

所有招式里的攻击之势
全都隐而不发
没用上一样
以你这速度
不差于我
若你敢用杀手
我也全在套路内
没有几百招
绝对难以让你受伤

你第一战就能把这十几般功夫
自由连接拼挡
果然是武学之才
我还要再教你看家的本事
不留余量

于是等第二日姚原彻底康复
便把这武术的门道给他细讲
说道
武功背后的攻击
有两个要点
一个是纯力量为重
一是经络穴位为重

以力量为重
则不分经络穴位
只选人体最薄弱之处
一击便令对方失去还手能力

甚至是昏死过去
再也无法对抗
这几处最致命的
便跟你说
一是双眼
二是太阳穴两侧
三是耳后两侧
四是小腹最软处
五是裆下
只要击中
人纵算不立刻昏厥
也会疼痛难忍失去能力去攻防

通常武功格斗都会重点防护身上的紧要地方
很难得手
所以高手之间的攻击
更以经络穴位为重
需知十二正经和奇经八脉的走向和关联
打击其关联穴位所选
可以力半功倍
让对方立时受到重创

那姚原于是抬手
试击自己这几处薄弱要害
果然与其他部位不一样
更因耳后被击中昏倒
知道了这背后轻重考量

白伯于是又教了他一路十九式
这十九式都是依据那十几套拳脚的弱点自创
每一式都以那些套路定式的规矩思路相反
打击其攻守转换含混的关键一刻
均可直达要害
姚原只听他演说比试一次
就已全部完整记住
然后又对白伯说
这套功夫应该不止十九式
那十九路拳脚里
还能借此产生更多的拆解方向

白伯大笑
知道凭借姚原的舞蹈根基
深知动作自然的要领
一天再增加一百式
也不是胡思乱想

于是说道
天下武功唯快不破
以你动作之快
教你招式完全没有意义
教你这搏击的思想
才是照材而量

既然如此
我也把经络穴位教你
遇到真正高手

并无套路
也很难攻击其破绽
让其几大要害受伤
所以分晓经络穴位
在全身别处找到攻击点
就成了一较高下的真正考量

六

于是又用半月有余
白伯将十二正经与奇经八脉的位置
以及所有穴位功能
给姚原遍讲
姚原并不识字
所以记忆那些穴位的名字
非常费力
但凭他对动作的天然记忆反应
还是生生记住了位置
以及比例
所以三百六十余个穴位
加上五脏六腑的经络分布
都能准确找出
只是名字总是混淆
也不明白这其中的功能所长

也正是为记这些穴位
硬强记住了几百个汉字的写法
但那穴位的重复字多

常常混为一谈走了样

那白伯也不着急
忽然一日
飞来一只信鸽落在屋檐
他取下鸽腿上的纸条
读罢
便告诉姚原要出去一趟
可能要两三月才回
让他勤练武功
记熟经络脏腑穴位
回来再教这些知识的用场

七

姚原独自在山上
每日背那些穴位名称
越背越混
位置都清楚
却总卡在名字上

这一天正觉烦闷
忽然听得山腰下隐隐传来笛声
让他耳新目亮

他本是宫廷舞班出身
舞离不开乐
一个乐音节奏便会不由和合而动

再加上
这曲子极其悠扬
比之宫廷里面合奏的混响
不知要多出多少倍的穿透力
更显得清高异常

他于是不由自主
循着那笛声而去
终于看见一个十五六岁的小姑娘
坐在山腰处小溪旁
一根玉笛
横在脸上
漫山的红黄叶子中
蓝绸的短衣
更衬出她那张异常清秀的脸庞
一边吹笛
一边用脚打拍
节奏与那笛声一和一唱

姚原就躲在一边
闭上眼
暗暗地想如何编一支舞把这曲配上
一只手在另一只手上
用手指不出声地敲
这是时隔三年后的第一次涉及舞蹈
沉醉于这时光

那小姑娘待这一曲吹完

忽然拿起一块鹅卵石
啪的一声
打在他躲着的树上
已经是深秋
几片黄叶落下来
然后是银铃一般的笑声
小姑娘说道
小鬼子快现身
你还能瞒过了本姑娘

姚原只好起身
说道
姑娘的笛子吹得真是流畅
就跟遇到了小仙子一样

那小姑娘咯咯又笑
说你嘴还真甜
快过来
让姑奶奶看看你的模样

姚原于是走过去
谁知那姑娘等他一近
伸手便是一记长拳的黑虎掏心
拳到半路腿已横扫
狠辣异常
姚原一惊
轻身躲过
那姑娘又是一记燕荡剪腿

直追过来
他又侧转身
抄到她的身后一旁

那姑娘还是不依不饶
又过了二十余招
见毫发难伤
才停下来说道
小鬼子你功夫不错嘛
本姑娘不需要你让
你这般闪躲
跟跳舞一样好看
倒比得姑奶奶我像个疯婆娘
今天不把这气消了
你别想回家找娘

那姚原说
姑娘承让
我只是来听你的曲子
不是来打架的
还请姑娘原谅

说着双手抱拳行礼
在宫廷之中
舞班地位低下
处处恭敬礼让
这已成了习惯
只见那姑娘快拳上前

一个巴掌打在姚原的耳朵上
而宫中行礼之时
无论什么情况不准抬头是死规矩
因此才让小姑娘得了便宜
她哈哈一笑
跳到一旁
本以为他会恼怒
却见他还是作揖的模样

然后才又笑出声来
拿起笛子说道
既然你让本姑娘消了气
便奏一曲让你欣赏
然后换了一支更欢快的曲子
一边吹
一边轻身下山去了
不一会就消失在树林稀疏的叶子里
只有那笛声越来越悠扬

八

自此
每隔五六天
山腰上必会响起笛声
或是箫
还或是胡琴
甚或是琵琶的乐响

小鬼子
便会立刻下山出现在溪旁
小仙子
会借小鬼子的身手练习武艺
而小鬼子
会借她的乐曲
跳编排的舞蹈
至于其他
两人绝口不提
小仙子
只喜欢这小鬼子打架也像跳舞那么美
异常柔韧
却忘记了他是个十七八岁的男子模样
而小鬼子
只喜欢她的乐器样样精通
而那些曲子
都是小仙子自己所作
所以才会五六天才至
但他在宫中
舞班的女孩哪一个都不比她相貌低下
也没太在意她的模样

九

彻底入冬了
这两个月来
是姚原一生里最快乐的时光
直到估算白伯快回来了

他才问了她的姓名
她又银铃一般笑
然后说道
我叫程青晗
你呢小鬼子

小鬼子回答
我叫姚原
然后各自回家
如往常一样

果然
第一场雪刚过
白伯回来了
那两天
山下又响起乐声
但姚原没有下山
怕白伯责骂
不顾及自己性命的短长
第二次后
自此那乐声便再没响起在山旁
而他心不在焉
直到一个月后
那经络与穴位的名称
在白伯的多次责骂过后
才记得一字不差地端详

然后

白伯又和他比试了两次武艺
他还是只防不攻
但白伯也难以近身
怎么也不能将他再伤

白伯逼他必须攻出来
自己来防
只见他招招式式
都能准确指向要穴
都是蜻蜓点水
不加分毫力量
白伯又呵斥了他几回
他才用了劲道
白伯才知道那是普通人的力气
更别说相比长年干活的农人
毕竟他从小到大习舞
更讲柔韧力巧
不求断杀的搏命力量

于是犹豫了一下
让他每日举大石
好增加手脚的力量

此后
白伯又要下山短离
想了想
姚原孤苦一人
便教他一些兵刃常识

介绍了各种兵刃的优势与弱点
要他选一样
他却没有一分迟疑
立刻选了剑
毕竟那曾是他舞蹈的道具
感情自然不一样
白伯一笑
这孩子性情单纯善良
因为从小习舞
把动作之美看得比生死还要夸张
他这细弱的身形
也的确只有剑才能配合他的模样

于是找了一根树枝
开始教他一套剑法
又详细说了这动作里暗藏的攻防
又讲了剑的一些不利
硬碰硬不是所长
且自身重量有限
全靠劈刺的准确
还有自己加上的重量
那姚原还是只需白伯演练一遍
便能照做
像用了几十年一样
白伯又选了几根大树枝
装以刀枪棍棒等的用法
跟他实战对抗
这一下

进攻的面积增加
姚原想轻松闪躲
也不像徒手的轻松
一时手乱脚忙

白伯又给讲了一些应对技巧
就让他继续举石练力道
外加练剑法
说月余即回
便下山去
又消失得人影茫茫

十

几场大雪下来
进山很是困难
十里内没有村庄
他便不盼山下再响程青晗的乐曲
于是白天苦练力量和剑式
晚上
就琢磨在被长兵器袭击时
如何也能躲闪轻松
不慌不忙
动作还能美轮美奂
仍像舞蹈一样

时间过得飞快
白伯一日回来

便开始讨教他的剑法与力量
那力量并非几日之功
倒是剑法
精进太多
无论拿多长多粗的树枝
他也能上下翻飞
动作又潇洒如常
甚至很多挡接的招式
完全是自创
只是没有一样是为进攻而用
都是为了上下避让

白伯苦笑一声
又思量了一个晚上
第二日
把他叫到身旁
说我只好教你一些内力的心法
以你这力量
三年后纵然长出胡须
盖了面相
也难以逃脱江湖追杀
无法抵挡

于是开始教他如何打通任督二脉
循着任脉的穴位
一点点让他聚想气之所在
又教督脉的游气
最后让他两气并想

问道
在上下颌处
是不是很难衔接
姚原屏息试合
的确难以让两气合流
于是
白伯止住
让他先学自由运用两气
便不再多讲
谁知第二日早上起来
他对白伯说
我昨晚想了想
又试了多次
产生个念头
从丹田之中调出一股气
运到嘴旁驻守
两气就被这气息接上
现在已经能让任督气息
合在一起
上下自由循环游荡
奇经八脉都觉得十分通畅

白伯大惊
又有些怀疑
那丹田之气只在丹田能存贮
一般人无法停留在上下颌直接合连之处
但让他运气任督上下周游
一探后背

丹田所对的命门
果然气感越来越充盈
有运行之象
竟然是任督通联的迹象
又问他
有什么感觉
姚原答道
就是忽然感觉神清气爽
后背忽然像长了眼睛
火辣辣像是能辨别背后的风向

白伯大喜
说你我有缘
也不枉你天资神赏
用自创之法通了任督
自然而然就贯穿了奇经八脉
我便把大周天的要诀也跟你一起说了
于是教他行气
一根根梳理十二正经
发现不少滞涩的地方
一根一根指点他行气输理
就这样几日后
姚原静心打坐
把每一正脉都调理通畅

然后
按照记住的白伯口授字诀

丹田沉
引阳关
充命门
灵台洒
带脉行
余云上
罩神庭
拨云开
射双眼
光成火
照心经
……
以及详解到各穴位的途径和感受
慢慢习运依样
这一次没那么快
静心调息十天有余
忽一日
姚原顿觉体内气息如同瀑布冲出山涧
止不住周天运转
人像脱胎换骨
气息在那些毛细从未到过的地方
也如干涸三年遇到一场大雨
沟渠水漫
互通互联
全身每处无不气息鼓荡
人也满面红光

他向来沉静

赶紧收束心神
让气消失
然后起身放松了一会
又重新行气
不过一个时辰
又神清气爽
气脉鼓荡
如此重复了五次
最后只需一刻时间
便能调气满堂

然后才起身
推门去见白伯
那白伯正在门外等着
十分紧张
见姚原并未欣喜如狂
才松了口气
知道他打通了任督后完成了小周天
此时又贯通了大周天的顺畅
苦笑道
世人能走过小周天的
没有几人
而通了任督又贯穿十二正经大周天的
更是凤毛麟角
而这世上
走完这几步又没有深陷癫狂
数年难得平复的
便只见过你一个

果然不同凡响
你自小习舞
深锁宫廷之中
没有经过江湖风浪
又从不怀攻击之念
心地纯净善良
只痴心动作本身之美
果然帮了大忙
我在这候了半月有余
一直担心你迷乱心智
陷入幻境茫茫
你若如此
便只有一拳将你打晕
才能推倒重来
让你只觉是大梦一场
才不至于后果深酿

姚原赶紧跪下磕头
但因一切来得如此平常
没有经过那险恶异常
心中谢的
却是白伯在外半月的守候
辛苦万般
对他更加体谅

白伯犹豫再三
想将这大小周天的使用精要
以及注意事项明言

说道
这功夫要勤于修炼
不可轻放
自然能增加劲力
但运用之道
……
说到这里又停住不讲
一改话锋
说道
你要好自为之
不可妄自用强
便不再多讲

于是此后
姚原一半时间拿来运息
一半练习拳剑和力量
按白伯所说
三年后
就可以内功外力应战
在江湖独自闯荡

自己也觉得一点点耳清目明
动作更快几分
越发用功用心
不再有私心杂念去乱想

十一

开春后
白伯又收到鸽信
便急急下山去
告诉姚原此去时间很长
估计要半年时光

不久山下又传来笛声
姚原与程青晗
又会于小溪之旁
程姑娘出落得更加标致
但姚原并不在意
而姚原也略显粗犷
程青晗也没放在心上
一个还是武艺的陪练
一个还是舞蹈的伴奏
绝无私心杂念在旁
只是闲聊多了一些
姚原知道她住在从此西去十五里的双齐镇上
每次都骑马到峡谷
喜欢这里的幽静
再走到半山腰上的小溪旁

这一年春天忽热忽冷
程青晗有次来的时候
总是咳嗽

武功也不太利落
一曲勉强奏完
就问他
我若死了
你会不会留下什么念想
姚原说道
活着不易
但死更难
莫要再胡思乱想
你是天下最好的乐师
真有不测
孤舞一世
此后只剩凄凉
那程青晗勉强笑了几声
便早早回家
那远远一曲传来
甚是忧伤

十二

此后
一个月里山下未见动静
直到入夏
又闻笛声
是一首旧曲
那曲子的音色却是稀松平常
姚原顿觉不祥

下山而去
果然不是程姑娘
是个更小的女孩
自称是程青晗的丫鬟
送来讣告一张
说小姐程青晗因病仙逝
明日可以吊唁
后天出殡
然后便匆匆去了
说还有其他事情要忙

姚原心头一沉
黯然神伤
历历想起程青晗的好
不禁流了两行泪
一夜无眠
悲伤了一个晚上

他毕竟是死囚身份
若是去了镇上
难免暴露行踪
又犹豫了半天
心想天黑之后吊唁
或许可以不用那么张扬
于是动身
磨到天黑
才来到双齐镇上
打听到那是最大一户人家

因为明日出殡
人人都知道这声响

拿着讣告出示进门
径直来到灵堂
却见七八个青年年纪相仿
悲悲哀哀
念念有声
有的读写给程青晗的诗章
有的泣不成声
自顾自回忆与她的过去
都是在为她守灵
要等到明早下葬

姚原一声不响
烧过了纸
想起自己这悲苦的一生
忽然觉得
人世是如此荒谬
忍不住
哈哈大笑了三声
那笑声极为轻狂
七八个青年都转身看他
惊了很大一会
愤恨难当

忽然一个蒙古服饰的精壮汉子
大声叫道

快拿下他
他是县城告示通缉的死囚
有他的画像
便扑了过来
凶狠异常
姚原轻闪而过
知道暴露了行踪
好在其他年轻人站立起来
却没有动
那蒙古汉子又急说
他就是姚原
那个舞班出身的死囚
抓到活的值十万钱
死的也有三万打赏

其他青年更是不动
都知道那是舍生搭救汉臣的忠良

姚原赶紧退出灵堂
便往大门处闯
三进的大院
刚出第二进
就被一个人拉住
定睛一看
正是程姑娘
她来不及细说
领他来到一个侧门
出去就是马厩

解开一匹枣红马
递给他马缰

急急说道
快进山吧
以后再跟你讲

姚原赶紧上马
往东边山上的大路打马而行
但刚跑出一段
忽然刹住缰绳
心想若连累白伯
他不知有变
回到山上
必落得一个窝藏
于是一咬牙
又转过马头
重新回来向西行
那蒙古青年正出大门
手拿一根大棒
挥棒就要把他打落下马
姚原顺势抓住木棒
加了几分力
既顺来势
又侧用一些力气回按
那青年一个趔趄
再站稳的时候
姚原已消失在夜色中
再也追不上

第三章　亡命囚徒

一

姚原并无地理知识
只有一念而已
就是尽快在越远的地方暴露行迹
这样才不会
累及程青晗还有白伯
于是沿着大路便去

天明到了一个县城附近
一打听才知道
这里是三河县城
于是跟问路的人说
我是朝廷的死囚
就是悬赏捉拿的姚原
请您去通告县府的兵役
那个老汉死活不肯
说你是忠良
遍地皆知你的事迹
我若告官
自己也再无法立足在本地
匆匆而去

姚原只好把马拴在树林
在城门附近
寻找时机
幸而一个巡逻的官兵
看上了人家的一只鸡
故意掉队
便钻进了附近的村里
追那四处在跑的大公鸡

姚原看准时机
斜刺里杀出
一招瞒天过海
举拳直打他双目
脚下却是一个扫腿
便把他放倒在地

元朝四十余年
整个东方几乎都已经统一
再无大小战事
加之把民丁分为军户、田户和匠籍
世代传袭
那服兵役的人家
代代服兵役
所以不管有没有作战能力
且没有实战训练
平时不发武器
这个兵勇

因此也只有缚鸡之力

姚原用准备好的绳子
把他五花大绑
然后指着他
问认识不认识
那兵勇含糊不知其意
待姚原自报家门
才恍然大悟
连连求饶
吓得尿了一地
姚原说
今日先不杀你
回去告诉县衙
我已进了三河县城
那兵勇赶紧说不敢不敢
姚原作势要打
他才改口说
听小爷的心意
都听小爷的心意

于是姚原把他背起
扔在易过旁人的大路上
然后假意向县城城门方向而去
待离开了视线
赶紧转而向东
绕回小树林里
骑马又向西南狂奔而离

二

路上找了一处偏僻
睡了三四个时辰
毕竟已是两天两夜未合眼
困饿难抵

醒来
身无分文
又跨马驰了开去
很快到了武清镇旁边
敲开一家大门
想要些剩菜剩饭
结果这当家的男人认出了他
于是带着一家五口
给他跪地
把自己不舍得吃的鸡蛋和大米
做了一顿好饭
招待得像来了皇帝

姚原吃个足饱
便要求那主人去报官他在这里
那当家的汉子
死活不肯
姚原只好把他一家剩余四口绑上
又拿起木棍
说你若不去

他们今晚就会惨死这里
汉子不知所措
只能听他的
跑去五里外的镇上报官
姚原确信他走的方向对了
才对剩余四口人说
你们招待我饭菜
等官府知道我来过
就会以包庇治罪于你
就说我是绑了你们
强抢了这菜米
那四个人才放下心来
点头会意

于是姚原又飞马疾行
改向东南驰去

三

已有两处报官
他也不必那么着急
白天睡觉
晚上赶路
五天时间才到了济南
盘算如何再暴露行迹
五天没有吃上带盐的饭
已觉体虚
于是来到城外五里的一户人家

不忍再白吃饭反而绑人
敲开柴门
主人出来
是一个穷书生
和他相仿年纪
他说明来意
要把马卖了
换点盘缠
那书生想了一会
便领他进去
家里家外就只他一个人
父母已于两年前因病相继归西
那书生把仅剩的五十钱全部给了他
他作揖表达谢意
又问城里何处卖大饼咸菜
最近一处在哪里
那书生说了个详细

于是他便当晚直奔而去
书生待要喊他
已经消失在夜里

第二日大早
城门才开
原来元时宵禁
夜里不准出门
连城门也会全部关闭
他在附近睡了一夜

才在清早戴个破草帽
混进城里

找到那家大饼店
人家还不开门
因不卖早点
店家还没有起

于是在附近小巷等
几个流浪地痞
从他身边过
见一家寡妇母子刚开门
要去做点小生意
拦住人家便推回门去
那寡妇尖叫几声
又喊救命
小孩也跟着哭啼
姚原便紧走两步闯了进去

那四个地痞
一见他来
都嘲笑他以卵击石
找死也不分个场地
忽然一个认出他是通缉的死囚
于是大笑说了出去
其他人也看了个分明
不再管那寡妇
不论三七二十一

就奔姚原扑去

那姚原
将近一年来虽已是学了一身武艺
却没有经过实战
摆开架势
以为是比拼武艺
岂料那流氓地痞
哪会什么武艺
也没什么招式
不要命地四人一围
就生扑过去
姚原刚要闪躲
哪有回身之地
被其中一个抓住衣服
其他几个人就压了上去
找出绳索
把他绑个结实
其中领头的就商量说
这小子值十万钱
若押到大街上
不到府衙
难免被哄抢了去
这样
你们两个在这看着
我们两个去府衙带回收押的兵役

那两个要留下的

其中一个脑子快
知道他们俩若先去
分钱一定没有大份
恶人先抢功
于是也执意要跟着去

剩下的一个
只光顾看着寡妇流口水
正合他意
于是提了个条件
把那寡妇和孩子也一块绑上堵了嘴
省得闹出枝节
不能大意

于是绑了寡妇孩子
那三个人快步一起离去
一边说
今天是他娘什么日子
盯这女人一个月了
不想天上掉下馅饼
还抓个死囚
赏钱足够买上十几顷地

那剩下的地痞
等他们走远
便扑向寡妇
猴急猴急
正在解那衣服

只见从门外飞快跑来一人
手里拿着一块鹅卵石
没等那小子回头
就给了后脑一下
那小子哼了一声
昏死在原地

然后解开姚原的绳索
拉着他就准备快步离去
姚原早已看清
是昨夜那书生
正要多问
书生说
一会官兵来了
不见人就要城门关闭
快出城去

姚原说
放了寡妇孩子吧
书生说
这样无赖就会栽赃寡妇放跑人
何必不留下地痞作恶的证据

四

两人快步出城
不出一里地
就是姚原的马拴在当地

一起骑上马
便从西门外回黄河以北
一路向西

一路上
姚原问他姓名
才知道他叫王印
问起为何出现在那里
王印笑道
从你进我家门
我就知道你是人犯姚原
大大的忠良
名传华夏大地
五十钱怎能买一匹膘肥体壮的马
我岂能做这昧了良心的生意
只有再救你一命
才能算公平交易
我早有心去云游天下
潇洒一生大快我意
正好搭伴在一起

其实
昨夜王印忘了告诉他宵禁难以进出城门
特意想送个草帽
好帮他遮掩个不露痕迹
没想到姚原腿脚太快
追出来为时晚矣
一直在城门外睡了一夜

大清早守着城门
见他已找了个破帽子
于是便紧紧跟着
悄无声息

两个人驰出百余里
才落脚在一处树林里
王印说
我没人会注意
去弄些吃的做干粮
你留在原地
姚原赶紧把那五十钱还给他
说现在马和钱都是你的了
我还欠你一条命
今生一定还你

那书生哈哈大笑
说道
赚了赚了
一分没花
身边还多匹马和一个值十万钱的兄弟
接过钱
便径自离去

五

两人一直向西
寻机渡黄河过去

书生王印通晓天文地理
黄河防守严密
一旦被抓很难逃离
但必须经过黄河再到长江以南
那里除了大的行政区设有衙府
其他地方都松松垮垮
原为南宋的区域
因河湖遍布对蒙古骑兵不利
管理松懈
方便迁移隐居
尽管省吃俭用
五十钱也只支撑了十几日有余

到了焦作附近
已经是好几日未进水米
把马藏在庄外
于是天黑敲开一户人家
想讨点饭菜水米

只见一位消瘦的汉子开门
问明来意
他又端详了半天
才请他们进去

男子赶紧吩咐媳妇做饭杀鸡
笑着说
认识这位清瘦的兄弟
应该就是全城缉捕的英雄姚原

我去买几斤酒来
招待周密

不一会回来
饭菜已做好
这汉子非要自己端上去

那姚原与王印不会喝酒
推辞不过
各喝了一小杯
只有汉子不吃不喝
说已吃过饭
才从别人婚宴上回来
见一家剩余老小四口
都狼吞虎咽
也就不再防备
也就大嚼大咽地吃起

吃过饭
还没离开原地
便觉得一阵眩晕
和那一家老小一起
人事不省
翻倒在地
那汉子狞笑两声
把两个人绑了
便跑去进城报官
还哼着小曲

却不知
一个七八岁的孩子
因为白天贪玩
在屋里早已睡去
没有吃带蒙汗药的菜米
小孩醒来见人躺了一地
吓得哇哇大哭
死命去摇他妈妈
那妇人怕菜不够吃所以谦让全家先吃
因此自己只吃了少许
悠悠醒转过来
已明白这其中丈夫的居心用意
赶紧给姚原王印松绑
又泼了几瓢凉水
这两人才醒了过来
头痛欲裂
那妇人连连作揖
把家里仅剩的一百余钱
全让二位带去
让他们赶紧离开
说道
姚原英雄谁都是心怀敬意
我那丈夫平日就行骗乡里
只求大人不计小人过
看在全家老小分上
改日放他一条生路
那姚原二人

答谢妇人一番
才匆匆出去
跨上马向北奔去

那汉子偷鸡不成反蚀了米

六

天明到了山脚下
两人才找了一处密林
胡乱睡去
午后才醒
于是王印说道
不能再一直向西去了
从洛阳过河
看来危险之极
很快就会布控
不如把马换成钱资
翻山进入山西
再想去江南的权宜之计

那马是程青晗所赠
姚原虽对她的怪异行为惊诧
却还是时常惦记
于是嘱咐了许多
对那马倍感不舍之意
才让书生独自牵去

不多会王印回来
假称本地都是穷人
未换得一分钱
已经改为寄养此地
其实
早已经知道这马一定是有来历

于是两人继续上路
翻山而去
这一日到了晋城
新月在西天的夜晚出现
王印和姚原吃了顿饱饭
一高兴
王印便作诗一首

惯 习

晨阳自东启
新月惯现西
东窝移西角
鸡还寅卯啼

奔波一路
什么都舍弃了
也没放弃怀里藏的纸笔
王印对诗的痴迷
恰似姚原对舞的一心一意
两人更近一层关系

从此两人又一路向西行
直奔运城
好过黄河南去
王印教姚原识更多字
以便读懂他的诗
而姚原则教王印把经络识记
以及打通气息
好抵御这风餐露宿的倦怠侵袭

姚原说
我自从逃亡以来
每日风餐露宿
只能仰望这如冰一样化了又冻结起来的月亮
和像冰霜一样寒光闪烁的星星
全靠这经络的通畅来运血行气
兄台若能学会
便舒服了很多
跟我一路奔波
永远不敢住店打尖
这样就不至于疾病侵体

只是王印对这些
一时不明白其中的道理
所以常常教了十分
只剩二分有余

七

刚到晋城西边阳城县
那王印便在城外找到一处破庙
说今夜就在这里歇息
我进城去买吃食
你待在这里

姚原估计他回来还得一个时辰
就找了个破瓦罐去打水
走出半里
见一个清水塘
正要过去
忽见不远处一棵树上
有个衣着华丽的中年汉子
拴在歪脖榆树上一根绳子
蹬开脚底的石头
便吐着舌头
晃东晃西

他赶紧几个箭步过去
托起那汉子
放了下去
那汉子过了一会悠悠醒来
见了姚原
问自己是不是已经在地府里
怎么看见了悬赏十万钱的囚犯

一边大口喘息

那姚原便说
我就是那死囚
但你没在地府里
大家都还活着
只是有缘偶遇

说着便去池塘打水
好让他恢复气力
谁知刚在水边蹲了下去
那汉子已悄悄绕到背后
一把把他推了下去

那汉子把一个大树杈捡起
狠命去打在水中挣扎的姚原
姚原便大声质问为何如此不识好歹心意
那汉子狞笑道
我本富家子弟
生性好赌
谁知坏了手气
昨天一夜之间输了所有房地
又押上了老婆孩子
也没转了运气
还欠下了巨债
所以才不得不一死了却
谁知苍天有眼
送来你这十万钱的死囚

又够我去翻本
赌桌上东山再起

那姚原万急之中
只好深吸一口气
潜到水下摸着一块石头
抱起来
便在水下向远处走去
一口气用完
正好到了水塘对面
上得岸来
便绕向那汉子
那人一见他如此命大
未必能打过
便直跑向北
报官捉拿领些赏钱去

姚原回到破庙
正好王印回来
二话不说
便拉他赶紧逃离
两人的饭也扔在那里

等进了山
姚原才讲明原委
书生只是叹气
说道
你一路遇到不少好人

也有过这蛇蝎心肠的遭遇
人性本无善恶
若这世上只剩下一个人
那他怎么杀戮掠夺
也不为过
生存毕竟是第一要义

这善恶
更多地是指两个人以上的关系
一个人侵犯他人
才有恶的判评
一个人帮助他人
才有善的断语
每个人都是完整的性情中人
都有七情六欲
可怜那孔夫子
不明白这层道理
把关系的判断当成人性的质地
去劝善知礼
却不研究如何让人与人的关系得到恒久有效的管理
哪知沾了赌
或怕了穷
谁都难以管那套无用的礼义

好的国家
便是居间用法度管理人与人的关系
让每一个人与他人的关系
得以很好地维系

错的得以秉公纠正
绝不姑息
惩恶扬善
天下才能太平万世相继

那孔孟
看似教人向善
教人做君子去自觉
却不去管束这皇帝遵法守义
公断人人之间的关系
反而教唆无条件遵从于皇帝
生杀任其
都是些什么狗屁

这朝更代替
每一个皇帝都说自己是天子
上承天意
都是因为孔孟把大家祸害
教导我们要像狗一样忠诚国家
群而不党
也像狗一样
各自只能看着自己的家里
不在其位不谋其政
其他不许参与

须知按照这逻辑
一个皇帝也最容易被推翻
只要杀了旧君

杀了对旧君一家忠诚的老狗
那下一代的狗出生了
只认这新帝王作主人
而人人只看自己的家
不许结党参与
所以也便最容易推翻旧皇帝

新皇帝一旦登基
再胡作非为几百年
正大光明
直到血雨腥风又起

所以一个一个朝代
就这样更替
真正给帝王看家的老狗没多少
而且还是各自为据
朝代频繁地更替
大多数百姓也更不关心谁是皇帝
开国的皇帝几乎没有缔造过任何一个盛世
只因他的重点就在于杀尽了老狗
新狗自然会忠于他
好把国家给自己的子嗣传下去
这华夏大地
就因为这儒学的教人做狗的混账道理
永无宁息

儒学兴起
伴随的就是乱匪也可轻易轮流来做皇帝

那匪也好
奸雄也好
一旦明白这个道理
必会赌命一搏
管你三七二十一

成功了
就变为了天下的主人
杀了老狗
新狗一样无条件地效忠于你
败了一死了之
反正在君主眼里
也只不过是狗命一条而已

儒学害人不浅
和孔丘天下大同的设想背道而驰
他若在天有知
一定后悔得难下水米

更何况那董仲舒
独尊儒术
宣扬君权天授
岂知道
老子最讲天人合一
而且认为人人可以天人合一
那么人人都是天子
哪来的君权天授的道理

那姚原听得仔细
问道
兄长心怀天下
如此明白事理
为何不参加元朝恢复的科举
为国家立这万世之法
让公正遍行各地

那王印哈哈一笑
说道
元朝也好
宋朝也好
不管什么朝的狗也好
还不是狗
我做人好好的
哪有去做狗的道理

那姚原也跟着大笑
更明白这王印非凡
更亲近了一层关系

八

一路同行
半个月才到永济
因一部《西厢记》的元曲
普救寺声名在外

王印安排好了姚原的食宿
在一处偏僻
便一个人放假一天
去普救寺再买些纸笔

转过人山人海的寺院
在山下见一个正在卖画的青年
也是相仿年纪
那是几幅人物画
都是仕女图
极富笔力
既不完全写实
有宋风的遗迹
又准确突出人物特点
不仅容貌美丽
而且那画中的女子
个个有仙逸之气
不一会便卖完这七八幅
可这书生还留在原地
呆呆不肯离去

王印上去搭话
说道
这七八幅画
应该都是以同一女子为蓝本
那书生惊叹之余
说道
终于遇上了一个懂画的人

真知己
说着
从旁边拿出一个包裹得严严实实的画卷
给那王印看
这一幅完全写实
是一个出色美丽的女子之像
但见富贵之气
却少了仙逸
王印又端详一会
便说道
兄台一定是迷恋这个女子
又万般不能
所以更加痴迷

那书生一声惨笑
又转而为喜
说道
知己难遇
我请兄台喝几杯
一起详叙

那王印也是快言快意之人
便随了他去
到了不远的一个酒馆
要了一坛酒
就拉王印畅饮
王印死活不喝
便问他姓名

那书生说道叫吴越
今年二十一
王印也报上了自己姓名
年龄比他略长
便吃些小菜
听他边吃边叙

那吴越便说道
那画像上的人
便是我从小的指腹之妻
我家也是富户
怎奈她出落得太美丽
被岳丈违背婚约
嫁给了山西的高官
更图富贵远虑
我从此不得消解
每每在这普救寺下
期待那女孩能回心转意
与我相遇
一起私奔
这普救寺如此有名
她老家就在这附近十余里
若她还念此情
必会来普救寺求签
我便等在这里三年有余
盼有一遇

王印仔细听来

不禁赞叹他的痴迷
见天色渐晚
还要赶路回去
便要告别行礼

那吴越得遇知己
一吐前怨
更加珍惜
于是借着酒劲
要来纸笔
不一会便成一画
栩栩如生
将这一幅仕女图赠予
王印一笑
却不接过
也要来纸笔
在画上留白处题下一诗

痴　许

露应随云去
花谢且为泥
沾沉红瓣落
似泪也无息

那吴越看过
连赞好诗
说尤其最后一句

说这露水再与眼泪相似也哭不出声息
也劝我露落泥土不会有结局

那王印也赞他知己
一种快慰上来
竟又坐下
也大口喝起酒来
直至半醉
才劝吴越道
兄弟
我大你两岁
便直言了
你那仕女图
每一个人物都无处不在的是仙脱凌云之气
但你却不自知
与你那珍藏的画像完全不一样
那女子虽美丽
却是人间的烟火之气

那吴越一回想
顿时开窍
王印又接着说
若真让你等到那女子
她与你私奔
知道了你的心意
但她不允许你再动画笔
去考科举
你又会否还能得意

让你二者只选其一
你会选画画还是娶这女子为妻
那吴越仔细又想
才说道
可能我还是选绘画
人生才够快意

说完
自己也明白了
那女子弃她而去
其实与画里真正的意中人
有很大距离
更因痴心于画
画到极处
是真情真意
于是便借这情上的失意
不断堆积
好为绘画注入笔力
一来二去
自己已分不出迷的是画中自己之情
还是对旧人的眷恋之意

于是大笑三声
终于云开雾散
畅快万分
发自心底

王印见他如此痴心于画

更与自己的诗互怜互惜
借着醉态邀他千里云游
天涯浪迹
吴越当即答应
把那画卖与店家
说将来方便了再赎回去
店主知道吴越在当地的名望
不仅应承
说先生远近闻名
若是不赎更好
他日名满天下之际
也能沾一沾光
反而是我非分之想的礼遇
说着又送了一坛酒
表示敬意

吴越刚要开封
王印道
拿回去
还有一个惊喜给兄弟

于是两人摇摇晃晃走了十里
来到姚原的藏身之地
已经是后半夜里

姚原正担心王印有个意外
正在心急
迎了二人

他们交代了来往过去
三人又喝了一坛酒
弄清来龙去脉
一见如故
亲如兄弟

九

姚原最小
被待作至亲的小弟
三人大睡到午后方醒
起程一起天涯浪迹

走了两日
在王印与吴越的掩护下
顺利过了风陵渡
就转而向南
欲要再过长江而去

那吴越也问王印同样问题
为何如此才华却不去考科举
以兄长之才
当中进士轻而易举
姚原便复述了王印当日的话
吴越大赞
而王印也对姚原的聪慧深表嘉许

王印又补充道

自儒学被推上独尊的地位
也自汉朝这第一个平民皇帝开国起
中国彻底沦为了非治社会
依靠武力
谁都可以改朝换代当皇帝
用的就是这个教人做狗的逻辑

何为非治
那便是只有占山为王的匪气
而不管天下生民
不顾天下百姓
一切围绕如何保住自己的山头
只有至高无上这匪徒一家一姓的私利
何为人治
那便是以天下为重
分权于有平天下之志的士大夫
共同治理
虽也为维护皇帝一家的利益
但实现的路径却是皇帝与百姓共益

这君主教大家做狗
但夺了君主之位改朝换代的
哪一个不是狼性十足
臣民之道是做狗
但君主之道在做狼
群而共驭
有严格的等级秩序
换头狼

全靠厮杀决定你死我活的规矩
君主拥兵护位
保住山头
逼天下民众缴纳赋役
却是为了养自己狼子狼孙
也好拿这钱
再去逼着交赋役的百姓去世世代代做狗
世世代代任凭奴役
我拿考如何做狗的经义
去听狼的吩咐
维护这狗的秩序
这不让人笑掉大牙
考得越好越能证明你有多么地愚

话说回来了
唯有宋朝懂得这其中的道理
皇帝知道分权给朝臣
受朝臣制约
又规定不因言获罪
想有所改善这狗狼有别之理
但可惜
大元一建立
所有一切又都推翻重来
这从非治到人治的过程
又要等上不知道几任皇帝
天下如此循环反复
如何能有什么余地继续进取

上古的夏朝之前
天下之主靠选任共治
天下为家
此后才变成君主家天下
成为君主私治
君主轮换
限于贵族之间的争夺较力
到秦朝达到顶峰
成为皇帝一人一姓
大一统驾驭天下
但秦灭开始
全凭武力争夺大位
却独尊儒术
夺位的君主教天下人做狗的道理
反而让狼性的匪徒夺权有了便利
天下彻底沦落成匪盗轮流抢班夺权
一朝之后
必又强匪四起

而一山不容二匪
匪徒夺了权
必重点在杀其他遍地之匪
哪有心思放在百姓死活
所以必先以非治来巩固自己
然后等到自己一家的虎狼地位稳固
才渐渐取悦民众
向人治转移
但这人治却极其不稳

要看是否有开明的继任皇帝
可英明之主
自秦汉以来每朝之中十里挑不出其一

仅有到了宋朝
尚有几个明白人
杯酒释兵权后
自家的皇权巩固得顺利
人治很快建立
分权于士大夫及文臣
代表百姓
牵制皇帝
文臣不点头
皇帝不能做
且可以大胆指摘皇帝
不会因言获罪
皇帝愿意为天下而受制约
终与天下形成些许合力
才有了这几百年的繁荣
但这也仍然是君主私治为前提
只不过人治大兴而起

但真正的天下之治
读书人不应争着通过考试去服侍非治之君王
而应为全部天下生民为首虑
通过考试选拔皇帝
有以约法
皇帝考上也不例外

也要遵法而行人治
才是真正的盛世可期

这元朝皇帝
形式上现在是选拔选举
但仅限蒙古贵族分支
且实质靠的依然是武力

若能把这选举选拔落到实处
开天下之先河
在人治之上更近一步
或许才是万代长久之计
但现在差之千里万里

今我去考
不过去服侍皇帝
而大多数皇帝不过因匪而兴
为虎狼做伥狈
恨天下的读书人
只会背孔孟经义
宋儒之照本宣科的学理
却不知动动头脑
明终义知真理
甘愿为狗侍狼
我只有远远叹息

虽姚原兄弟被列为死囚
天下追缉

但如此非治横行的帝王天下
又有谁不是帝制的囚犯
任人宰割
苟延残喘而居
如今也只有我们
各自有所痴迷于各自一门之艺
让我们心中大有牢笼之外自乐自娱

姚原与吴越耐心听过
更是大赞
虽将会是一路逃亡
跋山涉水难免苦累
但各自对诗对舞对画的痴迷
反而更加彼此惺惺相惜

三人渐渐熟悉
王印便问道
两位兄弟
除了对各自之艺的痴迷
你们还想做些什么
做人便不再觉得委屈

姚原说
我从小在皇宫的戏班
关在那狭小的一片天地
后来又成了死囚
更加没有了闪展腾挪的余地
只盼一生能够自由自在

这舞蹈中
就是最大的自由
如果可能
我也希望在这世上
也能撒开手脚
可以行动得更为随意
但上天似乎难以成全这小小的期冀
失去过自由的人
就会知道自由就是天公最大的美意
就像没有水
什么菜什么饭都必然会做糊了一样
可是世人
总觉得水到处都是
永远最便宜
不去珍惜

王印和吴越安慰了姚原一番
都说
兄弟你心地仁善
老天总会垂怜于你

然后吴越才道
画画最能让我一心一意
但画了画
别人看不到
总是如锦衣夜行
别人看不到
总觉得不够快意

我希望让更多人知道我的丹青画笔
我不是读书的材料
一直对不起祖上的声誉
若能凭借画画名满大江南北
在历史上到处留下我的笔墨
光宗耀祖
也不愧是一条汉子
顶天立地
所以此次随你们一路游历
希望可以大大提升我的画艺

王印只是微笑
并没有接着这话语

姚原却道
二哥妙笔生花
王印大哥早不住嘉许
定能出人头地

姚原又问王印道
大哥既然不去考那科举
别的不知道希求什么
才不枉这高人几等的才气

王印沉吟一会才道
这天下一直是糊涂账一笔
我早看透了这翻云覆雨
得了两位兄弟

已经是人生大幸
若是能在诗上再得一个知己
便是上天成全
夫复何求
夫复何冀

十

这一日来到一处山前
已经是半夜里
忽然数十个火把燃起
是附近山头上的土匪来打劫路人
把三个人围在原地

那二寨主用火把照过
大为惊喜
猛笑道
早就听说在几百里外死囚姚原出现
值十万钱
不想今天竟然落在咱们山寨手里
这一单生意全寨上下能吃上十年有余

于是挥一把大刀
就要扑上去
那喽啰们正想一哄而上
被二寨主拦下
说要活捉才好
死的才值三万钱

会亏了生意

那二寨主于是直奔姚原而去
待姚原跳出来拦挡
众喽啰已把王印和吴越按在了地
这是姚原头一次对着持械之徒
二寨主虽然会些武艺
但潦草至极
姚原左右周旋
反倒把兵器相见的要点
得以复习
不出十招
待那二寨主一刀猛地挥去
再无力回护下盘
一个耕田打草之式
踏在他的右膝
那二寨主便向前扑倒在地
姚原接一个小擒拿手
一手扣住他持刀的手腕
另一手穿臂扣他风池之穴
二当家便惨叫一声
扔了刀
趴下来一个狗啃地
姚原夺过刀
才跳了开去
聪明一点的歹徒纷纷往后靠
还有一些惊呆在原地

这时大当家的才发话
都闪开
老子给他点厉害
否则他不知道这是老子的地皮

这大当家的
正想借姚原立威
二当家平时轻狂
最近甚至轻慢自己
如果生擒了姚原
正是立威的好时机

于是不由分说
一支镶铁大棍
横扫开去
这大当家也算有些武艺
动作流畅很多
但姚原却知都是白伯教的套路
没什么稀奇
于是一招下海寻针
低头躲过横扫的棍
却把手里的刀当剑用
轻搭那棍
顺势再加一分力
再借势反抽回来
从后背侧刺了他的命门一剑
刚破了衣服
不伤他皮肤

又即收起

那大当家并未察觉
又是转身拿大棍斜抽
这也是固定套路
姚原又一个飞凤有仪
又在他的足三里穴位的裤脚留下刀迹
这一来二去
十招下来
招招伤他
那大当家却不自知
姚原知道这人勇猛有余
却是粗枝大叶
只会一套棍法
别的全不知悉
担心王印与吴越的安全
于是来了气
转守为攻
又十几招下来
忽地跳出场地

大喝一声
你看看自己的胸口
那大当家的才收了棍法
借着火光看去
但见自己的前胸
被那刀尖划了十道口子
正是一个方方正正的“逃”字

立时呆在当地
这任何一笔都能要他开膛破肚
但毕竟他做大当家
除了狠就是足够义气
二话不说
便跪倒在地
说道
多谢大英雄的大人大量
不杀之恩永记
然后又喊
都给这位姚原英雄让路
这附近一百里保他平安
传我的号令
出什么事我跟他急

那王印和吴越起身
和姚原站一起
姚原二话不说
把刀扔过去
作了个揖便带二人急急行去

哪知刚走半个时辰
又被一队人追上
姚原正要应战
却见这队人马只四五人
来了便跪
送上一千钱
还有干粮咸肉若干

显得足有诚意

放下了东西
为首的才说道
这是大当家给的盘缠
再谢另外十刀不伤之恩
磕了头便扬长而去

只有姚原知道
那大当家的一定是回去看了衣服裤子
数过了这其间的关系

而吴越却在一旁
早已摊开纸笔
借着火光
画出了一个侠客图
这吴越是画痴
身上随时带着墨笔

然后说道
姚兄弟打架的动作都这么优美
不愧我千里相逢
天意天意

姚远与王印看了画
大赞吴越的笔力
只这稀疏的一点火光
把姚原的动作与深情

画得栩栩如生
摘取了打斗动作中最精彩的一瞬
又是最仙逸
不由得又齐声感叹几句

姚原先前只是听王印说起
此时得见吴越的真画功
更是佩服得五体投地

三人大笑了一场
才找了一处干燥之地
各自睡去

第四章　刺字大侠

一

一路南行又遇几路劫匪挡路
而打劫不似地痞流氓
没点功夫难以立足
这恰恰给了姚原机会
否则像地痞那样不管三七二十一
一拥而上
却反而难以逃出
姚原可以跑
但王印和吴越则会被俘虏
于是又刺了几回字
才来到武当山近处

这一日三人看人烟稀少
于是白天赶路
转过一处山角
不想遇到五个道士
正想避让
忽见为首的道长开腔
中气十足
说道

这位可是最近疯传的刺字侠客
兼救国忠义姚原英雄吧
既然相遇一路
莫如讨教几招
也算相识于江湖

姚原赶紧作揖
说道
我不过是一个死囚
不敢与您相熟
连累了道长
反而难以说清楚

道长道
若你不赐教几招
反而会连累我
出刀吧
看我能否接住

有元一代
平民百姓都禁止拥有武器
但对各种宗教都予以宽容
也不如何限制言语和主张的自由
自春秋以来
便是这规矩
只要不是直接攻击皇帝
泼脏抹污
或者煽动叛乱

便不会查处
尤其成吉思汗西行
曾见丘处机
讨教长生之术
后道教一直被尊重
而元初还组织过佛教与道教的大辩论
佛教胜出
所以佛道两教
均是官方通许之宗教
不仅不纳赋役
而且还赏有大幅土地供养
甚至允许拥有护院的兵器
自行看护

那道长见姚原还不出手
便只得自降身价
拔剑而出
说道
小英雄请教了
便追身过去
一招仙人指路
姚原只得应战
但尽是闪躲
左逃右突
十招过后那道长停住
大喝道
小英雄这是看不起我么
连刀都不出

姚原见他剑式浑雄
根基极其牢固
空手决非能敌
便开口解释道
道长别误会
我一个逃犯
东躲西藏
若是带刀难行寸步
人人都可举报
哪还能行路
道长于是恍然大悟
长笑两声
示意另一个道士把剑让出
姚原接了剑
又作揖相谢
才拔鞘而出

于是再不能让道长先出手
先手为敬
便是一式攻出
正是一招桃花点数

于是道长以哪吒闹海应对
斜刺纵跃而起
反手也回敬一剑
两人于是战在一处

先前道长的十招
在舞学更为精湛的姚原眼里
早已心知其中的动作特点
甚至能复盘用出
虽道长不似那些山寨盗匪
功力胜出何止十等
而道长招招式式
虽行云流水
在普通人眼里只是看个热闹
但在姚原眼里
哪一式是用了半式而转另一招
都分解得清清楚楚

开始
姚原还显得有些滞涩
但却越来越应付自如
只因前二十招
姚原只是闪躲
却不进攻
再加上头一次用剑
不比先前所夺之刀
也不比当年跳舞的木剑
十分生疏
所以只能凭借身体的灵活
能快于道长半瞬
才保得一个退守有路

道长心下也暗赞这青年

于是又加紧攻防
不但更为狠辣
而且也加快了出剑的速度

姚原知道这是不寻常的高手
虽未经恶战于江湖
但白伯所授精义
体现在对方一招一式各处
知道再防不攻
必前途难卜
于是稍调气息
改变剑路
每一招也夹攻带守
三十招之后
才又成了五五平分的局面
而自己所学白伯的十九招剑式
加上自己的变招
早已用了三四个遍
知道再这样下去
被摸清套路
又会落于下风
于是便把道长使出的这三十六路剑法
也一一使出

那道长的剑法
乃本门真传
只是但凡一套成熟剑法
其所攻之处必近乎所防之要

于是道长心下大惊
这青年只见他用过一次
很多还是半式相连
便能全部复制
反向用出
他脚力如此之胜
若不能尽快克敌制胜
时间久了
恐要有七分可能会输

于是改变策略
换了一套密传的剑法
更为狠辣
乃迫不得已带狠才用的必杀之术

道家与佛家
本不专攻武术
但战乱太多
又要行走江湖
所以武术多用防身
所以名门正派
一般只有以防为重的功夫
只有到了较高辈分
才会再秘传绝击之术
以备不测
好能防护遇难的下属

于是姚原又稍显被动

开始转入被动防守
但又是二十招后
对方的这三十六路杀招看个清楚
反而更有底气
只因杀气一出
那剑式便不再攻防夹带
所以破绽在他眼里
也就更为难以弥补

于是再次调息
不再用任何招数
完全只根据白伯所说剑理
加上按照舞蹈对身体之势之力的精熟
开始大开大阖
又成了平手
而书生一旁看不明白
暗自捏汗
心中打鼓

而吴越却见姚原动作越来越流畅
这姚原身体的柔韧快速
再加上剑的光影之动
一边高声呼喝
一边把抓到的精彩之处
在地上铺开纸来赶紧把线条先予记录

八十招后
那道长已经步法渐重

急切想速战速决
于是动作更加狠辣
已快成搏命之术

而姚原却越来越轻松
到一百零八回合时
二个连着的鹞子翻身从战局飞身跳出

那道长刚想再追
却见几个道士赶紧拦住
急急去查道长的后背伤处
未见血迹
才说道
道长您中了十几剑
但未破肌肤

道长长叹一声
即刻止住
便问道
那一定是一个字
不知姚英雄所赐何物

道士们支支吾吾
才在地上写下了一个"敬"字

道长哈哈一笑
对姚原说道
承让了

你这剑上之奇
令人瞠目
一是速度之快难有人出其之右
但凡别人的快
都是因为剑法套路本身的熟
实际则与普通人相差无几
但你的快
却是天生的
总能反应得快人半步
且没有任何套路的拘束

那第二奇
便是你的记忆之术
别人的招数只需用过一遍
便能成为你的招式
甚至比别人更懂这动作暗藏的变数
与要领之处

那姚原赶紧作揖
说道
前辈
我从小习练的不是武术
而是舞蹈
因此全以顺畅合拍为首务
无论多密集的鼓点
也会与之合拍
而且还要美妙为上
所以这快便来自此处

此外
还强调动作与舞班整体相合
对动作要一致的要求
更甚于任何其他
所以便积累下这习惯
对动作一看便熟
今天是跟武林正道的第一次过招
前辈教诲多多
受益处处

说着又深深作揖
那道长哈哈又笑
说道
你经过武当
我乃紫乾宫清虚道长座下大弟子
你是朝廷重犯
若没有一战
何以对官兵解释我们的闭门不出
没想到刺字大侠
名不虚传
败于你手下也不算丢人
得一“敬”字
更非耻辱
技不如人更不用恼怒
反而更好交代给官府
若是赢了
反倒两难

不交官差会加罪于武当藏奸庇护
交了
又成了残害忠良的公敌
山门成辱
既是天意所愿
便让三位继续行路

说着带几个道士便走
姚原赶紧喊住
便要还剑
道长又长笑道
你还有两位朋友
南去匪盗更多
还是送与小英雄
护送你那朋友们去赶路
说着扬长而去
转过山角已是空空四处

二

吴越的画已经成了
在这说话的工夫
给两人看了
姚原说道
我还从未对着过镜子跳舞
谢谢兄台
让我看到自己神态的妙处

三人经过一番商谈
王印说
向南有太多盗匪拦路
不如就此西去
过汉中
入四川
那里因为战乱人烟稀疏
再加天气即将转寒
川蜀之地气候更便过冬
顺便也好去访访李白的故土
于是吴越赞许
而姚原一路只为引火烧身
不让白伯程青晗受到连累
也二话不说就上路

一路上谨慎行事
一个月有余
悄悄过了汉中
便从金牛道直奔剑门关
这金牛道乃入川要道
险峻异常
因此更是盗匪横行
哪知一路的匪徒
不仅不打劫
还送上钱物
大当家的只有一求
就是脱衣请姚原在衣服上刺字
千求万跪

不惜奉为宗祖

王印问明何因
才知武当山一战
那道长原来辈分极高
是紫乾宫掌门坐下大弟子陆无殊
那掌门清虚道长已多年不出
所有武林事务均由陆无殊打理
名满江湖
刺字之后因此瞬间传遍武林
方圆几百里内再添油加醋
已是更加神乎
而这姚原已不再是江湖的悬赏之物
已入武林之谱
名号刺字大侠
山匪哪敢再心怀恶念
是以哀求刺字大侠
表明曾和姚大侠过招
这件衣服
便成了镇山之宝
免受更大山寨的欺辱

那王印心里笑个一塌糊涂
便劝姚原一一应允
于是又被当成活菩萨供了一番
才一寨寨过路

那剑门关本是重兵防守之地

奈何元朝一统江山
还包括更广大几倍的附属领土
于是这里也城防荒疏
已经到了广元
便可轻松越过剑门关
直奔西蜀
那王印才叹道
盛唐以来
诗行天下
而今却成了一剑拜服天下
呜呼呜呼
三人随即打哈哈一番
在广元停留几日
赏山画水
吴越突破了人物画的习惯
开始画这山水
胸襟开阔之后
历经磨炼奔波
气势也水到渠成
刚劲有度

王印非常喜欢吴越这一幅嘉陵出山图
便提笔题诗于上

咏嘉陵

千山重围路
唯江自识途

欲借嘉陵道
又恐被舟俘

姚原与吴越拍手叫好
特意由吴越买了酒来
不醉不休
才歇过了这一路的辛苦

那吴越问
兄长为何只写五言
王印解释道
唐朝已经封了王昌龄为七绝圣手
这五言还没有公认的领袖
我要做五言的寨主
争取胜出

姚原便问
为何不是五绝寨主
王印道
唐时自缚手脚
弄出了五律七律后
绝句也被濡染成定式
一旦成了定式
就把写诗当成了文字杂耍
而宋以后
这大元推行北方话
除了江南还是唐宋之音
其他地方

口音早已大变
再拿这唐律去凑
已是食古不化
但一帮遗老遗少
不认我这是五绝
我写五绝不按旧律
更何况
五言盛于南北朝
我想正本清源
摆脱唐朝的无用束缚
所以不用五绝而用五言寨主
于是吴越又赞王印
诗中果然是汉魏之风
比这唐朝的华丽更多了苍劲的风骨

睡足了几个安稳觉
三人又接着上路
轻松越过剑门关
十日之后来到江油
一路上这原来良田沃野富庶之地
竟然人烟稀少
甚是悲苦
那江油有李白的祠堂
还有一座规格较大的太白楼
王印去添了一炷香
登了回楼
然后题了一首诗曰

太　白

剑未执天下
笔却刻史华
不负心万重
何修仙似拔

三人便又上路
吴越回过味来
连说好诗好诗
但姚原却不明好在何处

于是吴越解释道
李白一生想做宰相
治国平天下
但却不得进阶之路
他本是一个剑客和侠客
又极其好饮
但一生都没有执剑号令过天下
安史之乱时急于求成
还因为追随永王李璘
因皇位之乱而被治大罪
在监狱里差点一命呜呼
他一生重志心负
却难以兑现
才有了诗中的超脱与仙逸
借酒借诗去寻求慰藉
成就了诗仙的美号

在诗的历史中反而因此远远胜出
只因李白天下之心的沉重
他才能在诗中更轻盈挥洒
就像绑着沙袋习练跑步
偶尔去了沙袋的时候
就多一份力道去升腾跳跃而出
轻盈万分
仙风道骨

姚原才鼓掌称快
又道
王印兄长虽不去考进士
却主张天下考举皇帝立新法
一点不比李白心轻
早晚能超过李白之超拔
吴越点头赞许
王印也不推辞
说道
舞蹈也好作画也好
不求极致
永远也难有太大进步

三个兄弟谈得高兴
吴越便一个人跑到一处酒家
打回三坛酒来
好让王印能在酒上也和李白找补
他和姚原故意少喝
让王印尽兴而饮

果然王印喝得半醉
提笔又写了一首诗

题太白楼

无风推月重
有云托月轻
李白未同饮
唤月月不停

姚原没等吴越的话说出
便鼓掌道
这首好
好气魄
我都能明白得清清楚楚

吴越还是加上了些解释
对姚原迫不及待地说出
那李白善写月亮
王印大哥这一首也写月亮
果然可以与李白伯仲难以分出

三

这一日来到成都之西
人烟渐多
三人便又改为夜里行路

谁知
半路上又碰上一队道士
拦住去路
那几个人拿火把一照
领头的道长便施一礼
说刺字大侠兼我朝忠良
久慕大名
终得姚大侠的亲身一见
幸甚至哉
我乃青城山首座大弟子黄真
还是这武林规矩
既然过我青城山
是看得起山门
还请赐教驭剑之术

姚原赶紧作揖还礼
知道这其中奥妙
武当陆道长已讲过其中之故
于是抱拳过后拔剑便是一招急江长渡
那道长还一招青城剑法开门之式
风吹扶烛
于是便战在一处

这青城剑法
最大特点是剑法与拳法并用
其实姚原在三十招之内便可胜出
但对这剑中夹掌的功夫好奇
于是防守中更多加一些进攻

逼这道长使出看家功夫

一百零八式后跳出圈外
那黄真道长也不追击
知道以姚原的速度之快
以及别人用过的招数自己马上便会的优势
决难胜过
尽管这背后左防右防
字应该还是刺成了
便立在当地
问其他弟子说刺了何字
其他弟子举火把近身
答道
刺了一个“尊”字
没有破一寸肌肤
于是黄真道长施礼
说道
小英雄乃真大侠
不逊江湖所传
远远超我所估
三十招我就已经难以招架
不想大侠礼敬
竟让我支撑到了一百零八式
佩服
姚原赶紧还礼答道
黄道长前辈承让了
您一直未用心怀杀心的绝招
我也只是借这后七十招

向您学习青城剑术
万分感激
望不要责备小子的不敬之处

那黄真道长一笑之下
说道
大侠果然剑品如人品
武林终又有后起新秀
幸乎幸乎
说着大手一挥
便领众弟子去了
淹没在黑暗之处

四

三人不敢在成都附近久留
怕连累了青城山
本来还要去看看杜甫的遗迹
但王印道
杜甫在诗上毫无灵气
至于关心民众
又没有什么出奇的治国理政之术
不看也罢
便又向南
吴越道
此处离眉山不远
东坡诗书画皆绝
不如去他老家瞻顾瞻顾

王印虽不愿意
见姚原答应
也就一字未吐

到得眉山
果然供奉三苏
那吴越去添香
王印无奈跟着吴越去了趟祠堂
但只在一处叫抱月亭的地方等着吴越
不管它处
直到和吴越一起出来
姚原问起何故
三人一边继续走
王印才道
苏轼比李白差得太远
李白一生想做宰相治国平天下
且文武双全
天生就有恢宏气度
但那苏轼却志向全无
唐朝何其兴盛壮大
更成就了李白相得益彰的气度
而北宋没有了燕云十六州的护佑
陈桥兵变为立国之始
始终防着武将颠覆
极力推崇文官治国
军事上毫无建树
对辽和西夏皆靠花钱买和平

本就局促
再加上苏轼自己的心浮气躁
缺了几分壮志凌云的气度
只会拘泥文墨
与李白相比
更是天上地下无法弥补

燕山乃中原的天然屏障
长城延伸即修在此处
乃是中原的不可不得的门户
如若不去收复
便任由南下外族侵袭
燕云十六州
自五代之时一直掌控于契丹
几任宋朝皇帝都有心收复
那苏轼不但没有想过去平定中原
没有一统江山的气度
甚至没有一点点居安思危之心
远远逊色李白
必然有后来的靖康之耻
以及南宋的崖山之辱

而文治之上
他也毫无建树
却在王安石变法强国之时
反对阻挠于处处
又没有任何比王安石的高明见地
极力把旧统维护

而就人品来说
更加难以让人信服

被贬谪黄州之时
拿小妾春娘换马
春娘不堪其辱而撞槐自杀
还有抄袭诗句之恶习
如其最知名的《水调歌头·明月几时有》
首句
明月几时有
把酒问青天
抄唐朝李白的《把酒问月 故人贾淳令予问之》
“青天有月来几时
我今停杯一问之”
尾句
但愿人长久
千里共婵娟
抄袭唐朝许浑的《怀江南同志》
“唯应洞庭月
万里共婵娟”
也恰恰苏轼这首作品中这两处最有名
这诗最核心的就是意象
略变字而全抄袭意象才是真正的恶劣之抄
懂诗者都明白这个道理
苏轼自己抄袭
不言明出处
反而还时常贬斥别人抄袭
掩人耳目

而这人最阴损的是
极力推崇杜甫
杜甫的诗讲格律工整而缺灵气
但以忧国忧民为重
而苏轼连写词都不讲格律
而词的格律恰比唐朝律诗更重要
因同曲去唱多词
必须严丝合缝才能与曲子相合
所以李清照的《词论》便说他不是词而是诗
况且苏轼一生为官
却少见忧国忧民
号称豪放派
不过是花拳绣腿
螳臂挡车
这心口不一的人
把多少学他的人耽误

那吴越才觉十分惭愧
王印又说
我祭李白
乃是要超过他
而灵牌前将此志向倾诉
你若把他当成房顶
这画中能有多少清远气象透出
我知道你极想名比苏轼
但这画画是为了名
还是为了让你于人间把自己拔出

达到至臻至化的心境
既用艺术之美自满自足
又永远不断专心提升艺术境界
不满不足
如此艺术才让世人羡慕

这世间
能永远流传的是作品
能永远不朽的也是作品
而作者都会老去逝去
成为枯骨
世人皆是因为作品才对作者认可
一代一代挂念
津津乐道他们人生之途
而这也是为了更好理解作品本身
你若没有这自满自足的沉浸
又没有不满不足之追求
不把作品拔绝人间
永难名垂千古

平常人
都是把这些弄得颠倒糊涂
以为作品只是为了让作者在世人面前出尽风头
却不知道
懂艺术的人只关心作品
作品足够成熟
才捎带关心作者的来路
否则你出的风头

不过是不懂作品的人嘴里的闲言碎语
于你有何用途

吴越赶紧赔礼
说兄台我已明白
正如兄长当初所言
举一反三
如果让我名比苏轼
却不能再画所想之画
一味讨好那些街头巷尾的闲话
专攻名利之术
我知道我依然会选择不声不闻
只选择专心画这心中绝美之图

王印才忽觉言重了
其实苏轼之才皆认可
只是吹得太过神忽
就像姚原的剑术
加上自己过于苛刻
才反其道而大加贬斥
王印赶紧也上前赔礼
缓和了一下
三人于是又和好如初

王印碍于吴越的情面
还是起手题了一首诗

题三苏祠抱月亭

对望荷池静
独酌抱月亭
有月云亦过
无月风抹星

吴越又是啧啧称奇
说王印大哥写月亮真实神了
苏轼如果在世
也得把王兄和李白五体投地地佩服
大哥如此才华
却不爱慕虚名
实在是小弟的楷模
我将尽力正心诚意在艺术

倒是姚原更有所悟
自己这江湖之名
来得这么轻易
更知自己不能让自己变得迷糊

四

于是便又前行
不几日
又遇峨眉派拦路
这峨眉本是佛家一路
本讲这拳脚的硬功夫

承慈及承善乃方丈坐下两大成名弟子
带九名再低一辈的小徒

报过家门
便由承善过来比试拳脚功夫

这是姚原第一次比试拳脚
几十个来回只守不攻
这是他的习惯
形成在东指壶峰之最初练武
但也无法伤他
逼得急了
那承善才使出杀招
姚原不再只用守势
这样越来越没有退路
便只能渐渐多出攻势
至六十回合之时
反倒是承善先跳出圈外
一抱拳道
姚大侠已有五次中我命门肩井承扶等穴位
但轻点即收
只稍触肌肤
若是搏命
早就让我只剩干尸死骨
领教了大侠的指教益处

那承慈已四十上下
便上前来施礼

说道
还请大侠留下信物

于是抽出剑来
要接着比武
那吴越气不过
说道
这车轮战得到什么时候结束
王印赶紧拦了
知道这名门正派
不会如此下俗

承慈便解释道
天下人只知一句
天下武功唯快不破
却不知高手较量
除去快
还有耐字
唯有这耐力十足
才能最后胜出
只因高手之间出手之快差不多
必会相持
耐力不够
不仅后来会露更多破绽
而且也会更加心急
用出更狠的招数
但越狠的招数也就越多破绽之处
姚英雄其他门派都是指教一百零八式

今天我峨眉还没用足
就此退去
岂不成了天下人口中的耻辱
再者不刺字留下
如何交代官府

这姚原赶紧施礼
多谢承慈大师点拨
天下武功唯快及耐
我这就向您请教功夫

于是拔剑便是一招披墙画图
几缕剑花之后便直刺胸部
那承慈一个拨云见日
随即腿扫而出
峨眉剑法重力道
所以剑中夹腿
已是直接用出了本门的绝杀功夫

姚原不敢怠慢
那腿的打法攻击面积大
加上剑
更是纵横铺展
杀招非常之多
不再试探消耗
把这连场应战的劣势回补
姚原心下明白
于是等这二十四路用完

一现重复
便把这二十四路剑法中一部分还回去
另外还根据自己的舞与武之间所悟
又自创了十二招
按照这动作要领的套路
打了六十回合
忽然承慈跳出
然后施礼道
五体投地于大侠的功夫
教贫僧十二式接续本门功夫
这字也就罢了
两人一百二十招已经无比知足

却见那背后的弟子说
师父
字已刺了
只是我们不认识
还得请您亲读

那弟子在地上写出
原来是慷慨的慨字
缺了后面的旡
知道姚原还要接着刺
更是佩服

于是再次双手合十
说道
在下为武林有大侠重出而傲

姚英雄不仅快人一等
而且这耐力
也是一等一的功夫
绝非我等能同日而语
就此别过
他日这份十二式之赠
再回报于江湖

等那峨眉师徒去了
王印与吴越击掌相庆
吴越又奉上几幅自己的侠客比武图
画上的笔力又更加胜出他的仕女图

殊不知这剑拳的较量
也如下棋一样
谈出了千言万语
只有习武之人且同等功力方能清楚
而吴越只是画出了最精彩的动作
却不知道这期间波澜壮阔
已经是一场大戏的演出

五

三人一路夜行晓宿
也不着急
只为熬过寒冬
再到江南择一密处居住

于是王印根据地理常识
建议顺嘉陵江而下
少些枝节
于是三人折而向东
朝着嘉陵江方向而去
避过崇山峻岭
便可借舟到达重庆
开春后再走长江水路
穿三峡而出

姚原从峨眉承慈之处
知道这耐力之重要
所以每日除了赶路
更勤奋地把剩下的时间
用于大小周天行气
习练这内气调养功夫
只因自打通了这大小周天
不仅耐力见长
自觉对身体的抗寒也有帮助

这一夜三人来到遂宁附近
本要去凭吊初唐的陈子昂
忽见远处有一队人马向他们追来
举着火把照路
王印才想起上半夜去一户人家买些食物
那人便问要几个人的吃食
还非要劝他带另外两个人
一起来家留宿

这热情过了头
当时未觉异样
现在才醒悟
定是那人听说过姚原一行三人
想领这十万钱赏赐
见未上当
便去报告了官府

于是三人便赶紧奔跑
不远就是涪江
已无退路
正在焦急之时
见不远处岸边有几只渡船
便急急过去
但深更半夜
又见有官兵围堵
船夫无人愿渡
那官兵渐近
足有五六十人
形成合围之势
火光也把一切照得清楚

只见忽然一艘船上有人问
这位可是姚大侠
那姚原答道
正是在下
那人便拿起船竿
说快上船吧

我送你们一程
别再耽误

于是三人急急跳上船
随着船家
便驶入江心
向江的下游而去
而那五六十个官兵
只有剩余三条船在江边
都知道刺字大侠的厉害
最多上船十五六人
谁也不愿舍命追出
带头的蒙古头目
大骂着去赶
却已经早就耽误
但见不一会
船已消失在黑暗之处

大约行了十里有余
船公才划向对岸
停在水势和缓一处
便请他们上岸
三人便要请教大名
那人哈哈一笑
说道不需劳烦几位大侠
赶紧上路
若知我名你们一朝被捕
更牵连于我

我家离此地不远
还要赶紧搬家迁居他处
你们赶紧走吧
他日大侠名噪一方
与我教有缘
我到时候自会投门请求庇护
王印要给那人钱物
也不收下
于是就此别过
急急赶路

六

终于到了嘉陵江
给了两倍的价钱
才把一只船来雇
顺流而下
三五日便到了重庆的船坞
川渝春天来得早
到处已是野花铺路

三人便找了比较偏远的地方去住
正是歌乐山中
风餐露宿
一路辛苦
打算多留一些时日
再行上路
这一日王印和吴越到镇上买酒买肉

大半天不见回来
姚原有些焦急
正自踯躅

忽然听见一阵笑声
王印和吴越回来
还多了一人
到得近处
才看清是一个村姑

于是王印便给姚原讲起故事
原来在镇上
正遇这女子欲卖身为驱口
为父治病
自愿终生为奴

元时战俘多被买卖成奴
称为驱口
后来战乱平息虽多加限制
但仍然流行
不仅战俘
因还不起债
也往往被卖以为奴
主人随意可以刑罚裁处
要想恢复自由身
难上加难
要一起算上后半生的产出

却不知
那吴越一眼之下
呆在原处
说这女子便是永济的画中人真正的模样
王印定睛一看
果然极其神似
只是那女子劳作辛苦
皮肤黝黑
又无粉黛装束
但那脸型与仙逸的气质
却像刻印在心骨
于是经王印同意
吴越便将带的所有钱资一并拿出
已够那女子自报的价码
还有剩余多出
但两人不仅不接受她来一生为奴
还要再带她回来
再多给些钱物

姚原定睛去看那姑娘
也感叹
这是天缘合和
为吴越而祝福
当下倾其所有
将去年路过金牛道时
所有匪盗给的财物都拿了出来
都给了那姑娘
于是那女子磕头不住

姚原赶紧去扶
说你是吴越大哥的意中人
这是小弟的见面礼
不必那么生疏
王印问过了详情
才知那女孩姓苏
名叫苏筱洁
三人一听
便知这不是普通人家的名字
再问
才知果然宋时是书香门第
到了他父亲这一辈
成了穷教书
母亲早亡
而她只能持家打渔侍父
父亲一病不起
才要卖身为奴

于是让吴越带筱洁赶紧去料理
王印则留下
把姚原照顾

一月有余之后
筱洁之父还是病亡
吴越把其父葬了
三人打算上路
那筱洁也要一起跟去

自称一世为奴

于是王印便道
你绝不是奴
是吴越兄弟的意中人
本应带你上路
但这位姚原兄弟
便是全天下追缉的死囚
以刺字大侠的武功名震江湖
一路逃亡
多有不便
带你只能增加危险与辛苦

那筱洁此时才知
这便是仗义执言于朝廷的姚原
而吴越乃姚原的哥哥
对吴越更是高看一眼
万分倾慕

王印这一说破
吴越万分羞惭
而筱洁前些时日只念其父
如今才体查到吴越的情愫
得遇如此三人
如此英武
更对吴越立时钟情
一时也红云过颊

不知如何
王印赶紧把这筱洁的手
放到吴越手上
于是定下了这桩情缘
王印做了一回月下老人
为他们祝福

姚原提议
再住些时日
也好筹些钱资上路
其实不过为了成全吴越
再多一些朝朝暮暮

于是吴越便加紧画画
有那筱洁默默在侧
而王印题诗后
再拿去更大的集市卖画
好把路费凑足
又是两月有余
再不走便是雨水连天之季
更难行舟而去
纵有千般不舍
吴越也只得主动提出上路

姚原说
兄长既已得心上人在此
不必再受这劳累追杀之苦

王印也要劝说
吴越道
三人之行更能分工以防不测
况且不像唐宋
王印兄长的诗无人识得
这一路盘缠怎么解决
还要靠我卖画来贴补
怎能于这道义不顾

这筱洁也深识大体
急表誓言
等有了长期落脚的去处
捎过信来
便会千里奔赴
再与吴越会合一处

于是三人只得一起上路
临行那吴越给筱洁画了素像
放于怀中
又画了自己的像
留给了筱洁做信物
还请王印题诗于上
作为月下老人
会更为珍贵
王印也不推辞
沉吟几刻便提笔而书

别歌乐山

绕君易成茧
解丝方织缎
量过天下寒
更晓几重暖

那筱洁自幼知书达理
万分相谢
收藏到最安全处
又做了一顿好饭
联络好了船家
三人才与筱洁道别
从此天涯各赴

王印见吴越依依不舍
便拉姚原快走几步
说道
吴越兄弟
你有什么话单独再与筱洁大胆说出

那吴越站在当地
没有挪步
犹豫了一下
然后拉起筱洁的手道
我本想积攒一生的光芒
凭借画画的功夫
出人头地

成为祖上的荣耀
如今遇到了姑娘
才知道除了画画了却一生
若能将来与姑娘携手一世
人生共度
便算是永远籍籍无名
又何悲何苦
等我来接你
绝不有负

那话语铿锵有力
既是对筱洁去说
又故意让王印姚原听到
见证自己此言发自肺腑

然后三人才一起赶到码头
放舟直下
又再上路

七

不到半月工夫
便来到了岳阳
那船家再也不走
思乡心切
三人只得下舟南行赶路
只因水路再向下
是人口繁密之处

容易败露
水上难于躲闪
别无去处

这一路向南
又遇衡山派
一番较量
还是如在巴蜀的套路
姚原刺字而去
吴越留画纪念
又转而向东而去
到江西龙虎山近处
再战一场
声名更振
便已进入南宋的核心故土

这些地方
是元兵最后才予以征服
因是游牧民族
这里到处是纵横河流
骑兵难行
也就管理十分稀疏
只在大的城镇设有官府
而原来很多小的县制
全部荒芜
任凭那汉人乡绅
或者佛寺道观来把秩序维护
人口密集

元军并未屠城
才灭了南宋
所以一切法度从宽
虽是看起来南人的地位最低
但毕竟居之此地少之又少的蒙古和色目
也就相安无事
照常如初

因此四处帮派林立
得知刺字大侠出现在左近
又是纷纷献钱献物
只求拿来衣服
姚大侠用剑刺上一个字
以后好成为镇帮之圣物

王印一看
树大招风
遭人算计难免有意外不测
再者是为找能长久栖身之处
便说道
不如去福建沿海
那里战乱稀少
看看能否寻得一岛
归隐不出
于是便又去向闽地的大山深处

又行半月有余
被南少林的十三个僧人拦住

那领头的正观法师
报了姓名来路
便说道
姚大侠的名望
老衲绝难一人应付
只能拿出本门的绝艺十二棍阵
来讨教一二
方为对刺字大侠的名分不算耽误

未待姚原答复
便已是人飞棍舞

南少林起自南朝
一向有习武传统
比之峨眉派更重硬功夫
这棍法不仅威力无穷
再加上十二人攻守同步
分工合作
无一滴水漏处

姚原不敢怠慢
拔剑相迎
很快便被围在当中
上中下三路
都被同时袭击
他只能凭借练过的舞蹈功夫
屡屡翻身几个斤斗
跃出重围

但很快又会被夹住去路

这不是办法
姚原只能让剑法多些杀机
去主袭其中一二人
好杀出一个缺口
怎奈十二人又层层合围
还是很快被断了去路
于是五十余个回合后
他终于难以应付
一个闪念道
不能输
输了这一场硬仗
被南少林擒住
必会不得不送去官府
南少林不可能拿这几百年的传承开玩笑
以满寺老小之命
违抗元庭的追捕
我若被抓
那王印和吴越
也难逃庇护之罪
可怜那吴越刚舍了筱洁随行
哪能辜负

于是调一口气息
便把这一路学的杀招
全部使出
这才又打到一百二十余个回合

那些僧人皆是精壮
还不见有耐力不及的气色显露
于是心下生急
破绽即出
他差点被击中脚部

而其他人棍打又至
一急之间踏住了那根长棍
僧人正要狠命上提
再挑他上盘
于是姚原顺势飞起
竟跃到半空
躲过了这连环的杀招
才知这一年多的习练
再加上运息大小周天的养补
力气大了很多
身体却没加重
跳跃之力增加了何止三两成功夫
自己毫不知数
于是豁然开朗
那棍棒便成了登跳的借势之处

那吴越头次见这群雄比武
但见姚原身形飘逸
如蝴蝶一样做花间之舞
一边惊叹
一边铺纸抓紧要处
草稿画了一幅又一幅

姚原又重新获得了余地
又战了一百多个回合
那些僧人们开始加力
姚原知道他们的耐力快到极处
但自己纵跃过多
上下翻飞
加之十二人全是杀招
五十余招过后
自己也渐觉不支
终于一个借棍纵跃之后
落地踩到石头上
一个趔趄
三四只大棍一起击在周身各处
他一阵剧痛
手上的剑只能扔出

第五章　公断江湖

一

众僧见他倒地
又失去剑的威慑
于是夹棍成笼
十二人用棍将姚原困在其中
令他动弹不得

王印大声惊呼
吴越扔了画笔
两人正要上前搏命
却见正观大师已在先一步
令众僧退下
口念阿弥陀佛

众僧不解
正观指向无悦无止无渴三人
说道你们看他们的衣服
但见无悦胸前一个阿字
无止背后一个弥字
而无渴腿上有陀字
但还没有写完

只差一划就完成了

十二僧人不由冷汗直冒
那三人正是十二人中功夫最强者
而姚原已看出三个头领所在
所以刚才这一战到中间
在姚原夺势后
早已刺字而落
若姚原不是刺字
而是痛下杀手
这十二棍阵早就被破

于是众僧赶紧将姚原扶起
皆口念阿弥陀佛
正观检视姚原伤情
小腹与背上中棍
却无大碍
只是这持剑的右臂
已经被打折

南少林重硬功夫
自然这硬伤也有疗治的好手段
那正观赶紧叫人砍来竹子
给姚原正骨之后
掏出敷用的黑膏涂上
然后将竹段固定在臂上
撕开僧衣用布条包裹

然后才命十二众僧和自己一起
深揖一礼
说道
姚大侠
果然如江湖所传的仁义
这一场比武
我们输得无话可说
学艺不精
不识深浅
让姚大侠重伤
任凭姚大侠发落

吴越赶紧上来搀扶姚原
姚原却推开
忍痛故作平和
说道
正观大师不必自责
这江湖比武
谁都难有把握
我杀气也重
众师父们自然要用出真家伙

于是众僧齐齐而念
阿弥陀佛
正观又道
不知三位去向何处
姚大侠已受重伤
百日之内不能用剑

我们护送三位
以偿罪过
姚原也不提防
便把王印的打算细说

那正观道
请三位借一步来说
于是把三人领到远处
避开众僧
才说道
这福建沿海
绝无消停的海岛
元朝君主常常不定时海禁
时而又鼓励通商
这沿海一带
不仅热闹非凡
也有海盗成群
占据大小岛屿
贫僧曾经数次远游出行
与天下佛门将那经义切磋
知道有一处最适合
那就是江浙交界的海域
出海十余里有一大岛叫洋山
洋山乃一群岛
有其中一座名为扶犁岛
上有一座小山似耕犁直立
无人愿去
只因这岛只有一座山

却没有坡
无法停驻
但我却发现这崖壁之下两三米的水中
有一入口
进得不过三四米
就是山中的空洞
有数百米宽阔
隐居于此洞
当是有十足的把握
说着
又借了吴越的纸笔
画出地图来
又把细部特征详细解说
然后又道
从此绕山出去
走浙江北部一带入江苏
人烟稠密
商贾也多
无人注意陌生之客
三位少侠
出山可以雇一辆马车
大行官道
不会有任何差错
只是这手臂的伤
已动了筋骨
百日之内不能用剑
我给姚大侠再拿些本门的断接膏
每七日换敷

百日之后恢复当不会再有事碍着
我们回去告知官府
说您三位去了海边方向
把这消息也散了
既然众位少侠行踪隐秘
我们就不一起护送了

三人因祸得喜
连连谢过
正观也不多说
让众僧过来
又深揖一礼
念了阿弥陀佛
便径直去了

二

于是三人又上路
依正观法师之说
出山买了辆马车
不再夜行晓宿
而是白天赶路
由王印与吴越轮流驾车
而姚原一路在车上不露面
夜晚才出去活动筋骨
果然舒适很多

半月有余之后

已经走到了湖州
三人商议在此多住几日
让马歇息
王印与吴越二人也可卖画
为将来打算
一是要凑足隐居之时的钱资
二是还要回去接筱洁
更需有钱物做着落

于是姚原藏进凤凰山中
让他二人放心去了

那湖州不仅是富庶之地
山水异常秀丽
比起苏杭来更为大气开阔
两条山脉相夹
又各飞出一山
一凤一凰护守住两条龙脉
又有东苕溪西苕溪穿城而过
交汇后流入不远的太湖
山水交合
有龙兴之象的气色
当年项羽便在此地领八百乌程兵
自立为楚
成就灭秦的基业
可见湖州的气魄

王印与吴越便来到太湖边

看往来渔船繁忙穿梭
吴越画一幅太湖渔舟图
王印题诗道

渔

碧天云街广
太湖船道长
洒雨云无束
收渔人网忙

便即回城
试试湖州是否有人识货

到了最热闹的东苕溪边的一条街
便展画摆设
正在霁月楼下
正是本地最繁华的一座青楼
两个人席地而坐
不一会一个霁月楼的侍女下楼
看了看这幅画
便问价格
王印答道五十钱
那侍女也不还价
交了钱便拿画径直上楼了

第二日
王印与吴越合作

画一幅《柳下拴船图》和《青山望溪图》
又被侍女买去
她还抬高了价格
给了二百钱
说画极好
诗更值钱
所以给双倍的价格
然后又说道
后天便是中秋了
能否以月为题做一幅画作与诗作
还会付更高价格

于是八月十四
两人摆上《清溪洗月图》
王印已题诗

清溪洗月

月旧因桂影
落溪涤而清
皆为桂香醉
谁约月永凝

那侍女下来
把那诗背下来
便说你们等一下
我去问问我家云仪姑娘
不一会下来

说画一百钱诗五百钱
姑娘开价了
少了这个价
不能买了

于是付了钱
便说道
这位王印公子
云仪姑娘邀你明晚上楼赏月
所有花费她请
不知可否赏光共乐

王印一生痴迷于诗
这一路来
虽与吴越诗画合作
别人却买的只是画
无人关注其诗
终得一人赏识
而且出手阔绰
便应承下来
大喜于色

两人又打听了一下云仪姑娘的声名
才知道她在本地现身三年以来
早已成了名满湖州的头牌歌伎
不但貌如仙子
又琴诗画舞
无所不精

无人不晓
无人不称赞啧啧

三

八月十五
正是秋凉送爽的晚上
桂花飘香
月色如歌
王印头次进青楼
被这奢华所染
暗自叹息
心想那云仪一定是粉重脂浓
红香本色
被带到楼上最深处
有一两间的屋子
窗外便是东溪流过
忽地改换了气息
屋内雅致但俭朴
顿生好感
与这霁月楼别处简直阴阳两隔

那侍女小姑娘迎客
云仪却隔着内间的门帘而坐

侍女给王印倒了茶
便说
请王公子再题一诗

咏这当下的月色
王印这一年有余的闯荡
知道是云仪姑娘怕是有人冒充
树大招风
怕被歹人扰了兴致
也不多说

沉思一盏茶的工夫
便拿起笔来
侍女小姑娘开始磨墨
他于是写下一诗

水月探梦

明月悬空空
枕水借千梦
邀饮五百杯
唯影动随风

刚放下笔
那云仪就迫不及待隔帘说道
小青
快拿来我看过
声音甜润
一下便惊动了王印的心魄

那云仪看过后
又读了出来

爱不释手
果然与那画中的笔迹出自一人笔墨
便揭帘出来
向王印行礼
请他桌前并坐
又吩咐小青通知上些酒菜
便拿起笔来
说王公子稍等片刻
读了公子的几首诗
我这几日也想了一首
算作应和
于是题道

共酌

灯昏酒亦浊
光灿香更泼
英雄碗如日
我杯愿月泽

王印拿来看过
连连赞叹
说道
女子写诗多闻于香阁
写些闺怨之事
姑娘不仅字体清秀
这诗中的气象
更是大开大合

三生有幸
竟然一见如故
大喜形色

待说完
才细看云仪
但见她玉润风泽
清香摄摄
又惊了一回
忽然羞愧心起
停了不说

那云仪看在心里
也为王印先去专注看诗
再看容色
也感叹其执着
对诗是痴然本色
便说道
公子见笑了
未见先生之诗以前
我写的正好如先生所说
都是些帘笼女怨
自从见了画上的诗
忽然开了窍
所以仿着先生的笔力
写了这首《共酌》
赠予先生为和
先生的诗才是真的大开大合

不用什么狠力
却气象开阔
一物一事都能成扭转乾坤的所在
让人瞬间就被拉着从红尘中解脱
出离人间后
又更深入这人间里处处真正可以立足之所

于是云仪又如数家珍
一一点评这几首诗
末尾又道
先生第一首《渔》中的人网忙
既是关于打渔人的撒网忙
又是关于这人为了谋生在人人之网中
同时提到云无拘无束
这便是我向往的生活
这第一首就震惊了我
此后每首都动我心魄
相比之下
甚至超过李白
李白的洒脱用在表面
而先生用在内里
不用呼喝
气度一点不小
却更有唐朝之前的朴拙

王印也不谦虚客套
刚要细说写诗之想法
酒菜已经上齐备了

便即停住
于是对小青说
还请小青姑娘再拿一只大碗
我用来喝酒
以成全云仪姑娘的诗作

小青是头次被称呼姑娘
平时都是被呼喝为丫头
如今在王印口中与云仪平起平坐
立时大喜
赶紧去了

云仪更生好感
便说
我见了先生的诗和笔墨
一直以为先生是像李白一样
也是一个大侠剑客
所以幻想先生定是英雄气魄
一定是大碗把酒来喝
送女子的诗写月亮为最高规格
我是点名找先生写的
这送英雄的诗当写酒才是
不想先生外表如此清秀挺拔
内里果然不失气魄
真是诗如其人
无以言说

两人于是一边饮酒

一边赏月
不知不觉间
便已是月上中天又开始西落

王印虽然有一万个不舍
还是起身告辞
两人依依惜别
小青也有几分的怜惜之色

待回到凤凰山中
姚原与吴越问起
王印细说
又长叹一声
说道
初时遇到吴越之时
还不知道沉溺一女子究竟为何
如今自己也像丢了魂
才明白这情深若渴

于是姚原便说
我们那就多留些时日
等我这伤好了也不打紧
成全了大哥
吴越更明白这其间的感受
便也说
正是
浪迹天涯
随性而去

随情而驻
才是人生万般快意而活
王印赶紧阻拦
说道
这姚原兄弟多待一天便危险一天
不能太久耽搁

四

说是不能耽搁
可王印还是难以自拔
那云仪更是一日不见
像是三年相隔
一晃就是近一个月了
两个人只是谈诗
云仪说平常人的诗
虽用景色
但那景物是死的
比如这诗提到小亭
便去比喻分别
但实际却靠前人的诗文形成的惯例
没有内在的联络
要怎么把这诗写活

于是王印便将这意象的选取细讲
从人为而定的象征
如何到意象
如何让事物的真实特征与语义互相贴合

详尽细说

而王印虽知云仪琴画舞亦精
但绝不让云仪来演作
都是云仪自掏钱袋请客
怎好让她歌舞取乐

这一日王印终于犹豫再三
才问起云仪的身世
云仪便道
我祖父姓方名舸
乃金陵人士
是南宋的进士
官至三品
崖山一役跟着皇帝殉国

战乱之中
举家从金陵逃去苏州
家道中落
十岁时
我哥哥看上了一个富户人家的闺女
寻死觅活
我父亲就这一子
只好把我卖与一户人家
好交哥哥的聘礼
买我那户人家又迁来湖州
把我转卖与这霁月楼
习艺五年方始做歌伎

一直至今
供达官显贵陪酒作乐

王印悲叹半天
也说了自己的家世
但涉及姚原与吴越
只说一同与他们携游天下
隐去姚原的姓名不说

那云仪心有不祥之兆
问王印是不是要走了
王印点头
云仪瞬时泪落
说道这一个月以来
是人生头一次如此快活
仿如梦里
真想随君而去
怎奈已卖身交托

于是拿出所攒半生的九千钱
要交与王印
告诉他不必再卖诗卖画
便宜给那些市井之人
并不识货
王印赶紧推托
说姑娘应该留着赎身
早得解脱

那云仪非要送他
说道
我只愿一生与先生浪迹天涯
可惜只有这心随君去了
眼泪便流
又道
赎了身早已没有君的下落
更是心灰如死无处着落

王印热血上头
便一把抱住她
说道
姑娘若不嫌弃
那我今日便娶了你
点上红烛共拜天地
我发誓他日回来
将你赎身
非君不娶
此心不二
纵等到白头之时凑足银两
也要尸骨共埋于一个处所

那云仪不再哭泣
羞声问道
我乃青楼女子
君不嫌我污秽之身辱了先生的名望
真的可以白首不弃
哪怕一生青楼相隔

那王印抱紧她
不住应诺
语气中更加执着

于是王印便喊来小青
点燃红烛
让小青作了正式的红娘
见证之下
拜了天地
成了夫妻
云仪求王印赐一姓名
从此以示新生重来
不能不离但愿一生不弃
于是王印便取名为方珝
云仪十分喜欢
但只有他们自己两人晓得
这一夜相拥而卧

六

第二日起床
见了那血迹
王印方知云仪一直冰清玉洁
更乱了心魄

青楼歌伎虽卖艺不卖身
但在这灯红酒绿之所

哪一个不会一时动情
挑达显之人将身附托
盼被纳为小妾
早日从青楼解脱
一人负心
便不再把这床第之事当回事
又想多赚些私房
自求解脱

王印便直直冲去楼下
问那老鸨林妈
说云仪姑娘赎身要钱两几何
林妈虽泼
却知道他们两人是真心真意
便左算右算
说道
打死了
十万钱一分也不能再少了
王印叹一口气
低头又回去房中
闷闷不乐

倒是云仪依旧欢天喜地
说这林妈真是好人
先前有人想为我赎身
一直开价二十万钱
这下我再攒个七八年
就能自赎而出了

又备了酒来
待要庆贺

王印见她如此乐观
更加怜爱
热血又再上头
说道你我大喜之日
我把另外两个兄弟叫上
和我们共贺
再给你一个惊喜
心想
姚原兄弟知道此事
此后被匪盗再求刺字
说不准这十万钱很快就凑足了
又说道
这酒先放着
我去请我那两个出生入死的兄弟
不枉君我夫妻之名
三日之后我便上路
让君永远有消息可以牵挂着

说着便直奔出去
不再多说
心想这次行一回险
让姚原兄弟蒙面而来一趟
把实情都说了
云仪和小青都信得过

哪知到了藏身处
三人会和
说了这想法后
姚原和吴越便连连道贺
吴越还后悔为什么不和筱洁拜了堂
再上路行车
倒是王印像忽然睡醒了
转而道
不能让姚原兄弟冒险
若果然行踪暴露
可能那扶犁岛就再也去不得

姚原却急了
说道
兄台
过运城之后你早说过了
这一生不念功名
但愿有一知己
如今听大哥转述的话
云仪姑娘不仅是知己
又是才貌双全的红颜爱侣
而且已经拜堂成家
人生此等喜上加喜的大事
我怎么能不当面道贺
否则岂不成了狼心狗肺的人渣

三个人争执不下
姚原甚至说

还不如把我交与官府
两位大哥就可以解脱
换了十万钱
成全了王印大哥
赎回了云仪
两位哥哥便可双双共携爱侣
瓜田李下
后半生是举案齐眉的幸福之家
反正在大名府时
王印救他一命
多活两年多
也不负兄弟一场了

姚原越说越急
忽然热泪长纵
说道
我痴于舞蹈
只需有歌乐相伴
二位哥哥却痴迷于诗于画作
本来应是游历名山大川
作品才更见气象与生色
但为了我
一路上这么多江山景色
却不能近身
一一错过
我如何心里能够有半分的解脱

王印和吴越便大骂姚原

说把我们两个看贬太过
最后耐不住王印的坚持
直到傍晚
只让吴越一起过去相贺

进得云仪的房门
忽听里面很大动静
王印赶紧敲门
谁知门刚开
便被几个人拽进去
不由分说绑上
只见屋中乱七八糟
几个大汉也把云仪绑得结结实实
连嘴也用绫子堵上了

七

姚原苦等两天
还不见王印与吴越回来
正自着急
忽见一个小姑娘摸上山来
一边走一边喊
筱洁筱洁
知道里面必有关联
才露出行踪
叫住那小姑娘
报上名来
方知她便是王印所说的小青

于是迫不及待打听王印与吴越的下落

小青于是说
太湖帮的帮主是远近闻名的胡鹤
前天派一帮兄弟拿了二十万钱
买了我家小姐云仪
要为她赎身作妾
小姐坚决拒绝
说已经与王印大哥拜堂成亲
那帮人便把小姐绑了
谁知王印大哥正来
还有那个卖画的吴越大哥
也一起绑了
说要带回去给帮主
让王印赔那二十万两
还要用吴越作押
通知他们的家人还钱放人
王印大哥被带走之前
跟我说去凤凰山
找他妹妹筱洁
告诉她赶紧走
自己再想办法
别被这事情牵撕
就被那帮人连我家小姐一起掳走了

小青并没认出他是姚原
姚原说道
多谢小青姑娘

我去转告筱洁
你放心
我会把云仪大嫂救出来
还有王印和吴越兄弟
更不用说
小青说道
那就好
我找了二天才把消息送到
先生别忘了太湖帮在此去东行百余里的梅堰镇上
还望告知筱洁早早定夺
于是转身去了

姚原赶紧下山
卸了马车
骑马直奔梅堰
急急火火

八

打听了太湖帮的所在之处
难免一场恶战
于是好好睡了一夜
便执剑去闯那虎穴狼窝

在五进的大宅院
姚原通告说是来赎云仪三人
才被请到正堂
十分宽阔

那太湖帮帮主胡鹤
不过三十几岁
便问这二十万钱是否已有着落
姚原道
我是朝廷悬赏缉拿的死囚姚原
这命可以值十万钱
你把我交给朝廷
放了那三个人
剩下的十万慢慢还过
胡鹤大笑
这位便是名震天下的姚原
刺字大侠
果然光明磊落
这十万钱我收了
那十万钱不还清
他们三个人一个月后休想再活

姚原一看
知道这胡鹤不是什么侠义之士
不能束手就擒
只能拼了
于是拔剑便冲向胡鹤
哪知满堂几十人瞬间便把他围了
有的用刀
有的用棒
还有斧子大锤一拥而上
姚原不能用受伤的右手持剑

只能左手用剑抵挡拼搏
本就不顺手
再加上不愿伤人
只想赶紧擒了胡鹤
逼他把三人放过
但他即便用出杀招
那群帮众却不闪躲
只能左飞右跳
想向胡鹤靠近
抓一个活的

这时一人从前面拦住
举刀就剁
他一个闪身
跃向右侧
谁知后面一人正拿着短枪刺姚原后心
而姚原有快人几倍的动作
那拿刀的便砍在拿枪的脖子上
而拿枪的也捅在拿刀的小腹上
一下成了血泊
而剩下的人正在愣着
胡鹤气急败坏
说道
快给我拿住
给两个兄弟报仇
争做殉道者
“早破茧
早解脱

天堂共贺”

帮众跟着大喊
“早破茧
早解脱
天堂共贺”
连姚原的剑来了躲也不躲

于是姚原被一人死命抓住衣角
而他左挣右脱
也不撒手
不一瞬这些人已齐拥而上
便把他压在了身下
那胡鹤上来
让大家闪开一空
照着姚原的命门之处
就是一棒
接着又是两记重拳
打在姚原的耳后
立时将他打得昏厥过去
再往后便已是人事不知了

九

再醒来
便看见王印与吴越在身边也被绑着
在一条大船上
便问王印道

这是哪里
王印答道这应该是太湖流出的横潦泾
马上就要汇入黄浦江
别的我不比兄弟你知道更多
你这是何苦救我们
自己去了
我们俩任凭天意
未必不能活

姚原答道
我欠你一条命
怎能就这样走了
吴越却笑了
我们俩好歹也找到了意中人
死了也够本了
你连这男女之情是什么
都还不知道
太亏了

姚原忍着背上的剧痛
说道
其实我现在将死之时
才知道
当时在东指壶山中
那个程青晗姑娘
其实一直心里念着
于是便把这段过往
跟两位大哥详说

十

沿着黄浦江一路行船
从胡鹤与几个手下的口中
才知道这江湖的规矩如何
原来江湖之中
除了佛道等的名门正派
一切纠纷报官
江浙一带连同江西福建
江湖帮派之间的纠葛
都由崇明岛上
孙公与葛公两位名望极高的老者定夺

孙公是天下神医
只要人还有一口气
必定能够救活
葛公神算
擅于占卜
只要报一个生辰八字
差不多一个人一生所历
以及命长几何
都能说得一清二楚
因此交到崇明岛公断
葛公只要发话
说这个人天命不该绝
还有多少寿命
杀了会让仇家来折

那仇家有多大的恨
也要忘了
而只要葛公断了
就算那人被打得只剩半口气
孙公出手
三下两下
不出半月又能下地走动了

江湖上
难免恩怨牵牵缠缠
比武较量都是搏命
必得带上家伙
动刀动枪
报到官府
元朝严禁持器
必然有理也说不清楚
而元庭的法度甚宽
甚至一直没有一个成文的公允法典
全靠判例碎规
对罪责很是宽松
立朝四十余年没判多少死刑
只因都没动刀动枪
于是江湖争端
轻易不敢出人命
都想好好多几年好活
所以都自愿去崇明岛公断
不怕动了家伙
再者

拿刀拿枪火拼
找孙公葛公断过
便得了一个情面
但凡被捉拿的人
仇家听从公断之后放了
只要经过孙公葛公之手
也会把前次恩怨一概记着
自己下次被人抓住
手下会宽出更多
而一旦有个治不了的病
去求孙公葛公出手
也常被予救治
多出几年甚至几十年好活
所以江湖上
遇事便形成了这规矩
去崇明岛上来把多年的积怨辩驳

后来
江北的山东河南一带
甚至更远的省份
也盼着前来崇明岛
把江湖争议交由定夺
这胡鹤手下已死了两人
哪敢再拿姚原去请赏
只能去崇明岛
任由发落

十

到了崇明岛上
由人引路
才来到了一大片屋舍
那姚原三人刚在一处屋中被交付出去
被众人称作孙公的人
一个白须老者
与白伯年纪相仿
不敢怠慢
搭了脉
又检视外伤
便出去了

不一会
又是一个白须的老者
被称葛公
和孙公年龄近似
来问姚原的生辰八字
姚原便照实而说
那葛公稍加推算
便也出去了

然后一连半月
都不见升堂
就被摆在那里耗着

期间
不停有人被送进来
伤重者
孙公葛公又来
把伤者抬去治疗
而轻者
则和姚原三人一起放着

细细问那些人
才知道每月的初一
月亮隐没
才集中公判
还要再等些时日
到了十月初一
才会开堂得一个结果

第六章　约婚受责

一

十月初一
一大早便开堂断案
姚原与王印及吴越
仍是被捆绑着
随众人等被抬到一座大厅

先是山东菏泽的邹汉
捕了原是同乡的刘平
那刘平抬来之时
被打得奄奄一息
这十几日孙公的疗治
竟然已是大好
只剩伤口还有些许淤肿

邹汉便说道
那刘平十年前偷了我的传家之宝
一个玉珏
还把我唯一的儿子也一同绑走
至今下落不明
那刘平干了此案

便消失无踪
我见官府无能
只得占山为匪
这十年来四处打听
终于在月余前查出他在湖北丹江口
这才带兄弟拿了他
来找二老判定

那刘平大声喊冤
说我十年前之所以迁走到湖北
只因与一个地痞斗狠
不得已动了私藏的菜刀
重伤了他
怕被报官缉拿
所以连夜拉家带口出逃
此后才落户丹江口
隐姓埋名

那邹汉正要再骂
葛公说道
我已算过
你丢玉失子之事
作案者绝非刘平
他案发七日前就已动迁
那被伤地痞是你的兄弟
你应该心知肚明
只不过
刘平与你向来便有过节

你才指使兄弟骚扰刘平

邹汉已是信服
这些细节葛公都是知道得楚楚清清
于是便问
那还有何人
做了此案
无人知情

葛公道
你邻县有一个混混
专以偷盗为生
那一日
是他听说你家富裕
便趁你去聊城接洽买卖之时
麻翻了你全家
东翻西找
只找到这块玉珏
而你藏的钱资匆忙之间没有找到
他并不知道这玉珏价值连城
不解气又把你三岁的孩子掳走
事后又怕这孩子事大招风
带到徐州卖作驱口
应该就在徐州城南三十里
一户贾姓人家的家中
那珏被他当了
就绝卖于临县的唯一当铺
这个混混应该姓冯

这邹汉一听
细细一想
当时的确有人见过这冯姓混混
只是与刘平积怨甚深
又不见了人影
这么多年便认定是他
四处在找他的行踪

于是磕头便谢
还有一个请求
能否带刘平回菏泽
等证实了事情
再放刘平

那刘平一口应承
理直气壮
也想了结这冤情
于是葛公允了
此案便告一段落
只等结果来证
邹汉又磕几个响头
连声称谢
说那玉珏是身外之物
可自己就那么一个儿子
上边三个丫头
若能找到
拿自己性命来报答也还不清

那葛公道
这份人情先记着
我主上乃天蚕教主
他若有令
你便听从
邹汉磕头应诺三声
便急急带着刘平去了
分成两路
一路去找儿子
一路去对质那冯姓混混案情

二

第二个案子更大
是江西两个大帮的帮主
一个叫青龙帮
一个叫虎山堂
互有仇恨
终有一回火拼
这青龙帮拿住了虎山堂堂主郑幸
打了个半死
方抬到了这崇明

青龙帮主魏闯一身功夫
打得郑幸遍体鳞伤
只剩半条性命
但在这崇明岛不过十几日

不想孙公出手
这郑幸又活虎再醒

这一次孙公主审
说道
你们两家的恩怨已是多年
我就不再请葛公一一说明
葛公已给郑幸算过
他命不该绝
还有三十三年的寿命

这青龙帮魏闯赶紧说
他伤了我那么多弟兄
若没个说法
以后谁还听我的命令

孙公道
看你这语气和脸上表征
你应该每日丑时必被疼醒
心口隐隐作痛
此外
时常便血
还有
近三年经常目眩耳鸣
过来吧
我搭一搭你的脉
这魏闯全被说中
赶紧上来

那孙公把他左右手搭过脉
然后就断道
现在有两条路供你选择
一是你就地处决郑幸
这崇明岛上
是我天蚕教的领地
无人赶来追究
这你心知肚明

一是放了郑幸
两家就此和好
从此河水不犯井水
自化自清
他命不该绝安度这后三十余年
我帮你治这内伤
你不用阳寿折抵郑幸的天命
你练这硬气功
大小周天又不通
打打杀杀多年
血脉瘀积阻塞多年
早已病入膏肓
不过只剩三年有余的性命
我若出手
能续你至少二十年
此后再看你的造化
还能遇我不能
这两种你选一个吧
孙公便不再发声

那魏闯自然清楚
找了江西湖南两地的名医
都不敢治他的病
只能开些不温不火的调理之药
却不敢给任何应承
也不见效
三五日还有些效果
七日之后复发其症
反而越来越重

当即跪下
说道
我与那虎山堂并没有解不开的疙瘩
不过是鸡毛蒜皮的争竞
还望孙公出手
救我一命
我们从此井水不犯河水
今日一笔结清
我选第二种

孙公于是道
好吧
那你就亲自解绑了郑幸
互相行礼
算是讲和
一言为定
另外

你这内功横练
不通经络气血
还会自伤性命
自此之后
收了功
我给你调药之后
还要针灸来修复经络促通
你再去斗狠
也绝不能把这横练之功再用

于是魏闯放了郑幸
两人互相磕头以示和解
又双双拜了孙公
千恩万谢
孙公道
起来吧
我家天蚕教主今后若有所命
你们赴汤蹈火
再报答不迟
誓死也要赴命
那二人又磕头发誓
然后郑幸赶紧起身上路
而魏闯则留下来治病

三

这一天
共处理了这样的七八个争议

一直没轮到姚原三人
直到天黑
只剩他们一件
葛公孙公却命令收了
那太湖帮主胡鹤赶紧上前
说道
我们的案子怎么算
孙公道
你的案子已经派人请示主上去了
消息还没回来
你再多住一月
等下次堂审吧
说着便与葛公一起便行

这胡鹤一听
顿时心下一惊
此时才相信那姚原值十万钱
关系重大
连天蚕教主都要惊动

三

又过一月
知道上了崇明岛
谁也无法逃脱
自从孙公葛公知道了姚原是江湖传闻的刺字大侠
又是力争朝廷的死囚
虽不给三人松了绑绳

却是好酒好肉招待
客气得就像亲戚一般
有求必应
但十一月初一
还是没判
继续在等

这一日
孙公和葛公忽然到来
说姚大侠
教主传回口信了
命我等给您先疗伤
余下事务等他回来再亲口说明
说着
那葛公又细算一会
说了句果然好命
十万里挑一也言不过重
又第一次也要了王印与吴越的八字
合过之后大惊
绝对人中龙凤
三人能凑在一起真不知天下有如此之幸
那孙公也再认真号脉
然后又检视姚原的右臂和命门的伤
说道
这臂上的骨伤本就并不算太重
这接骨手法与外敷的药也很老道
已基本痊愈
我再配副药内服

可保只会比伤前还好
不会有任何后遗之症
这命门被大棒打中
病入内里
我得做个小手术
把气血理通
于是命人取来器具和麻药
用了半个多时辰
将那病处割了许多刀
又细细而缝

那姚原只当他是在治伤
也没多去在意
被绑着只能任凭发落
也没奢求活命
于是十二月初一
这次终于轮到姚原的案子过堂
只听葛公说道
胡鹤上前听断
那胡鹤赶紧上前
正要细说原委
葛公却打断了他的话
说不用讲了
我已都算得清清楚楚
你去把姚原的绳子解开
看看他背后的刻印便明

那胡鹤一听

便更觉不祥
赶紧上前去抽了姚原的衣服
看到背上命门处刀刺的一只蝴蝶
立时吓得脸色铁青
一边哆嗦
一边给姚原解了绑绳
口念爷爷饶命
又赶紧讨好
把王印与吴越的绑也赶紧去松
然后跪在地上
向姚原磕头如鸡吃米
连喊爷爷饶命

葛公又道
这下还用我说么
你自然知道谁怎么算清
那胡鹤赶紧说
明白
小的触犯了督教圣英
只求活命
这二十万钱不要了
两条人命我来顶
那云仪姑娘我供起来
随时等姚大侠来领
再献上二十万钱
给三位大侠压惊

孙公开口道

那云仪乃是王印拜堂的发妻
王印是姚圣英的过命兄弟
你帮助赎了身
好歹也是一功
这样吧
我在葛公面前求一个情
二十万钱的赔礼就不用了
其他都按你所答应
我念你花了二十万钱赎了云仪
以后准你三次来崇明续命
但有重伤不治
抬到崇明
我必出手为你保命

那胡鹤哪敢不听
简直是因祸得福
发落得太轻
还花了二十万钱换来自己三条命
磕头到了额头出血
也不敢停

葛公说道
快去回你的梅堰吧
以后教主法令
绝不能再有一分不听
于是那胡鹤赶紧领了几个帮众
屁滚尿流地走了
一刻也不敢再多停

王印与吴越
赶紧去掀那姚原衣服
果然有一个刀刻的蝴蝶
印在姚原的命门外皮肤之中
才知那日给姚原疗伤
最后竟留下了这一个刀口组成的痕迹
不知道为什么胡鹤如此受惊
一时还不太分明
又听葛公说道
三位大侠
教主有令
他不日便会回来
还有重大事情交代
还望在此多停几日
姚原三人见葛公孙公解了这一大难
也对这天蚕教主好奇
便一口答应

这一切均被等待过堂的七八对人
亲眼见到
从此江湖上
便走了不胫之风

四

于是在岛上放心住下
空着也是空

姚原与王印
便把这占卜与医道
向葛公与孙公打听
但孙公二人
只说姚原已是同教中人
只能对姚原说
姚原再对别人说
那是他自己的事情

孙公葛公本就和蔼
又是学究气息颇浓
于是姚原便随时向二老打听
再回去转述给王印与吴越听
有了和王印的讨论
他便更知道问什么最重要
那吴越却不太懂

这医与卜本曾合流
都以道教为盛
唐朝以前
十道九医
到了宋
医卜才正式分家
得天下的儒生认可
有“不为良相便为良医”之说
因此中不了功名的读书人
便去学医治病

而王印虽读过一些医书
却并没太在意
也不太懂
虽有一路上姚原教他认穴知脉
也是一知半解
其理仍是不明
姚原先问孙公这医术之道
孙公笑举一例
说你看这人和地上的影子
如果你想让影子变化
有两个方法
一个是在影子上放一个草垛
它就会变形
但这不会影响这人的身形
这医之道
分外科与内科
治外形之影是外科
治这人身之动
则要内科去病

从黄帝内经以来
便树立了一个传流
这人解剖开来
无法把所有人的血管与脏腑关联都弄清
这是用眼来看病
可是总不能肚子疼就开膛破肚
更何况就算开了
这人除了呼吸能让肺随心而动

这胃肠怎么动
这心怎么跳
人自己都无法主控
所以黄帝内经意图实现人如何能被完全掌控
只有人能全部听从把控
这才能变成再没有无法治愈之病
所以一方面总结了经络体系
另一方面也由道家用哲学之心观察形成

既然形成了这五脏六腑和经络贯穿的对应体系
因而将这眼中之人
变成了一个完全可控的经络藏象之人
由人所设定的构架而成
人便可以全部掌控
而这控制的方法
便是用五行生克和阴阳平衡

这个设定的人
环环相扣
又自恰自合
因而试验出这百草矿石及动物
阴阳五行的属性和功用
就可以借这些药物把这设定的人的体系
完全有效地调控

这中医实际上就是设立了完全理想之人
完全可控
所以人也就可以治疗所有的病

就像孔子设立的理想
是天下大同

所以这世上的名医
可以做到完全没有不可治愈的病
只因这体系设定的人
本身就完全可控
没有必死之症
只有庸医自己医术的潦草不行

这个经络藏象的人才是医者眼中的人之实身
与天地大道相合为一体
而普通人眼里看到的人
只是这实相的投影

但这影也不是全无应用
其一是这实身可以透过你看到的影子之人所显出的特征
显出病形
所以诊病可以望闻问切
通过这影子的特征
来断定这实身的病情

还有
有些病只在眼中的人影
比如刀剑之伤
就要用外科来辅助治疗
才能让实身更好恢复病情
比如你骨头断了

光吃药不行
必须正骨接骨
再配以草药调理脏腑才能恢复如常
否则就这么歪着
人也就只能被废去肢体不行

姚原听明白了五六成
等他转述给了王印
必然脑子就要梳理
这又想通了好几成
于是两人再讨论一番
对这医理也就更明
虽然还无法临床去诊脉治病
但道理却已弄清

王印弄明白了才道
孔圣人唯一的好处
就是这天下大同的理想
但其啰啰嗦嗦的教诲一达通
只有相反的作用
倒是这中医讲究人人大同
而发展了救命治病
这理想共通
如果不得其法
反而让人更加南辕北辙
更加要命

于是姚原又去问具体的医道与武功

问为什么这习武也能伤身
像江西青龙帮的魏闯
因内功而得重病

孙公又道
这上乘的内功
必有两大进程
人的实相
有十二大通过脏腑的正经
还有奇经八脉
虽不直接通联脏腑
但却把十二正经串联起来
让人的整体有效运行
这奇经八脉
最重要的又是任督二脉
任脉主人身之正面的中心线
督脉主背后的中心线
在上下颌处隔断
所以内功
第一步是将任督衔接
让气血之流可以在奇经八脉内畅通

任督一通
则奇经八脉就易通
叫小周天
奇经八脉一通
再用有效的方法就能让这十二正经也打通
四肢百骸皆通

叫大周天
不仅仅可以疾病不生
还能自由运气
积累内功之力
便到了最高之境

姚原便道
所以这奇经八脉不通
如果强行用气血之功
就会反而令气血纠结倒行
反而更容易害病
姚原又问
您一定身负这绝世武功

那孙公笑了
说道
我哪是会这内功
只是从医理推知
这上乘的内功
需要积累气血
一层冲破一层
不是一时一会之功
不得其法
很难打通
我一生治病救人
哪有机会去练杀人的武功
况且有了好的医术
这江湖谁也不敢对你用这武力

把自己的后路断了
如何能行

只是寻常的医生
要么擅长内科
以脏腑为重
用草药治病
要么擅长外科及针灸
以治外伤和调理为重
只有我
内外并重
草药和针灸也行
所以才积累下这满天下的虚名

姚原终于弄明
此时才知自己在东指壶峰被白伯所教
竟是最高深的内功
只是自己从来未用
只当做强身健体的修行

而孙公给他号脉
知道他经络畅通
气血盛行
却未见有一处不合
只当姚原是天生
所以倾囊教授
未怀有一分芥蒂
无一问不回答得楚楚清清

姚原又问
这任督打通
十二正经贯连
再用这内功是不是天下任人横行

那孙公道
没有大网打不了这大鱼
但没有大鱼
也撞不出大洞
如若用这内功倒行逆施
不遵循规律
日久天长
自然会得更重的病
一旦有经脉塞结
自己行气也难以打通
那么就会更加盘根错节
病情复杂之极
到时
那真是非我亲自出马不能梳理得清
但怎么也要三五年之功

说完面露得意之色
见姚原一个劲赞赏有加
又得意地说道
但最危险的是任督这一环节
一旦打通
反而最容易伤及十二正经

必须再进一步
节领十二正经
若还没完成大周天
就用小周天运功搏斗
反而自断了再通大周天之路径
病来得急
且更难支应

而大周天通行之后
这逆其而用
险在一旦堵塞
是一种连锁的效应
要缓发多年之后
必须要医道中人解救
且要治疗三两年更多的工夫
他已没有了自救之能
也不会轻

但对于搏击互斗来说
怎么都不会像做五禽戏一样
保养经络
都是杀个生来死去
逆着气血来互相应对搏命
而这运功搏斗
会增加气力与耐力
反应更为灵敏
谁会有内功而不用
所以通了大小周天

反而成了害了自己的行径
越是运功畅通气血
越是因为倒行逆施
把自己伤得更重

姚原心下发冷
幸而自己并不知自己身负上乘的内功
又是舞学的底子
一向讲求身体的优美与顺应
不想却绕过了这个大坑
那白伯既然教我这上乘内功
却不告诉我如此后患无穷
不知何意
也不向孙公说明
因这天蚕教到底是敌是友
还不分明

于是姚原回去跟王印转述了
两人讨论一番
才对这医学和武功的传统更加分明
更重要的是王印说道
其实我们各自所痴的每种艺技
何尝不是让我们的心灵重建
像中医的理想状态设定一样
使我们将自己完全可控
再不受这世界和任何人的羁绊
脱离朝廷、江湖、佛道之外
它们只是你作品的素材而已

不分好坏之情
这也就处在最理想的自我完整状态之中
这才是我们真正痴迷的原因
何其之幸
如果华夏还有什么真正的财富
不是儒学道统
恰是这理想的中医
堪比孔夫子唯一有用的理想
天下大同

而这内功的缘起
完全是因为唐朝
道士以药石炼丹求长生
被称外丹
但从未成功
自秦始皇到现在
不知吃死了多少皇帝
因而唐朝之后
道人转入内丹修炼
即以这人体为炉鼎
气血为火候
在体内结丹
自求仙升
虽有很多传说众仙修成
多不属实
倒是这内丹修炼之法
成全了武术的发展
被习武之人用作内功

但因其大小周天很难打通
几百年来道人用尽毕生完成之一二者少
修仙不成
更别说这打打杀杀的江湖之中

五

于是姚原又去问葛公
如此神算
是否真有神通
那葛公知他对本教的关系之重
嘱咐不可乱传
待姚原屡次点头应承
葛公才道
这占卜最早是用易经
但这易经的原理已经无人能明
所以准数有限
但流传下来四柱八字的算法
结合天文
准确性只要精通算术
便能达到七成
四柱八字的规则
江湖处处流行
但没有这天文的吉灾星的知识
只能对上五成
我两样都通
因此可以有把握到七成

这地理和人文
如果通晓而明
知各处风土人情
历史演变
便又多了一成
这是八成

而天蚕教虽不动声色
却耳目遍及天下
这四处的打探
消息灵通
我又能做到九成

姚原才知为何只有初一公断
原来这一月之中
会有消息前来奉送

葛公又道
这最后一成
便是孙公
孙公也通这算法
主要是用医道的五运六气
结合面容面相
来算病人病因的发展形成
积累一生
这人的脉中便能有太多的信息生成
我们稍加核对研判
于是又近了一成

加之所有江湖之事
只有影响大的才到我们手中
所以
这算力几乎就到十成
更何况还要堂审
双方现场来对答回应
言语之中还有技巧
所以便能几乎滴水不漏
公断其明

姚原大赞了几声
连连称奇
更钦佩由衷
那葛公正自得意
便谦虚了几句说道
这毕竟是断过去之事
至于未来的大势
甚至朝代何时起兴何时替换
有一部上古奇书
名曰《九龙恒咒》
得到方能尽解其中
若只让我一个人算未来
大势不明
所以这江湖
这朝廷
这众人之事
便只能猜上五六成
姚原赶紧说道

您这是太谦虚了葛公

六

这一年很快就要过去
忽一日细雨过去又放晴
远处传来悠扬的笛声
是不曾听过的曲子
那曲子明亮而甜蜜
姚原心中一紧
知道这像是程青晗姑娘
又觉不太可能
暗自笑自己太多情

此时
孙公葛公都来告知
明早教主有请

第二日
姚原叫上王印与吴越
打算一起出门
却被拦下
说只能姚原一个人成行

进得一间雅致的花厅
立时呆在当中
只见白伯正和程青晗有说有笑
极是亲密的神情

见他进来
赶紧分宾主落座
其他人都退下了
只留三人在花厅之中

那程青晗忽然满面娇羞
不发一声
姚原却是极其震惊
也没发出一声
忽觉那程青晗快两年不见
从一个调皮的小姑娘
已出落成一个待嫁的大姑娘
这其间的关节
却怎么也想不明

白伯笑道
这小鬼子和小仙子
怎么今天忽然这么认生

于是白伯便细讲原委
原来
白伯原就是姓程
本名程天行
这些年一直隐退江湖
也用了化名
程通成
反义是败
所以称白

化了名叫白横阳
隐居在东指壶山中

白伯又道
当年江湖上有些过节
为保唯一的女儿程青晗的安全
自小就将她寄养在双齐镇上
离东指壶不远
却没告诉女儿自己便隐居不远的山中
但对她的动静
了若指掌
因为娇宠
总是任由她胡闹横行

谁想姑娘大了
该给她找个乘龙快婿
她却还是孩子一样
当作是过家家一般的行径
并无中意的人
却因美貌在当地很是出名
富贾之家
官宦之后
将军之子
一大批青年都来提亲
她却一个也不答应
我催得急了
她便趁我远行
闹出一场假出殡

心想看看自己若死了
谁还挂念她的笑貌音容

不想
你以戴罪死囚之身
却不顾自己的死活
前来吊唁于人众之中
还险些丢了性命
此后
又为洗脱我父女的庇护之罪
急赴各地
故意暴露行踪
远走天涯
令官府以为你只是路过双齐镇
忙着追杀
让我等不被怀疑
着实令我们感动

这时程青晗忽然发声
说道
姚公子
我有一事不明
为何灵前吊唁
我让丫头替我躺在棺中
你是已经知道这是演戏么
所以那时在灵前大笑几声

姚原见她不再称他小鬼子

忽然这么客套
也客气地说了一句
程大小姐
才回答道
我并没有看破
你那日借我一匹好马逃生
也是大吃一惊
我之所以在不知你还活着的时候
大笑几声
现在才明白
这笑有两层意思
一是怜悯你的死去
真的挂念一个人
若是她死了
你还能哭
说明你更注重自己之感受
哭的是自己的这份悲伤
不是对她的感情
也是从见到你的亡灵
我才确信你对我的重要
那时我少年不经世事
未进江湖
一生只有白伯和你
给过我温暖人情
一个必死的死囚几年在牢中
我如何能有时间哀哭自己的不幸
更何况信服的人死去只有天塌地陷
内心只有一种绝决而生

第二
我那时简单的一生
刚有几分光明
又面对你的早亡
何其荒谬
所以我不哭自己的悲
却笑这世间的荒诞不经
所以正是灵前一笑
我也知道了自己在世上还有挂念至深至重

程青晗听罢
含笑不语
却是一脸的甜蜜之情
这小鬼子的一笑
她始终不明
日思夜想
总想知道这背后的隐情

程天行哈哈一笑
说道
我说我女儿为何忽然长大了
从一个小顽童
忽然就变得如此稳重

然后对他们二人说
今天我是女儿的父亲
一生欠她太多

所以更把她娇宠
也同时是姚原的伯父
虽然当时迫不得已用了化名
却情同父子
你未拜师
却教你最好的武功
今天就打破陈规
自己做了这月下老人
把青晗和姚原的婚事
今天说定

程青晗又泛羞惭之色
而姚原也心中忽暗忽晴

只听程伯又道
但我有一个条件
姚原和晗儿若有了子女
第一个儿子
当随我姓程
以后不论儿子几女都姓了姚行不行

见姚原有些费解
才又说道
我这些年隐姓埋名
创立天蚕教
几十年之功
便是想有一天时机成熟
赶走蒙古鞑子

把这汉统复兴
加身黄袍
贵登九尊
成就这帝王的基业
让天下姓程
只是我一生漂泊
只有青晗一女
为让这基业永继而行
所以希望你们有了第一子姓程
但看这年龄
大业既成
我只能先传位于爱婿
再交由孙子姓程

所以这爱婿便是重之又重
故此听到姚原远在上都的所作所为
才觉得他是最合适人选
天下更会顺应
所以深入上都草原
一直想着如何搭救的方法
果然上天有意
那蒙古自乱朝廷
南坡之变
竟轻易让我得手
才有东指壶隐居三年的打算来施行
就是想把姚原你的性子摸清
不到一年之中发现你天生仁厚
更合我意

所以传了最上乘的内功
暗自高兴

更巧是女儿也出了一道考题
办了一场假死的出殡
也真会胡闹
恰能说明你处世的性情
没想到你以身家性命
去见晗儿的最后遗容
证明了你的气魄
又说明了你重义重情
如今我对你姚原再无怀疑
这是天作之合
而这两年之中
晗儿对你也情有独钟
她时常向我打听
你这一动一静
早就对我说
你姚原以死去证其情
我便只有还整个江山给你
才能与你平等
两不愧欠
才好一世真意真情

如今天缘聚合
只要你二人答应一声
然后程天行朗然一笑道
我便趁这新年

把婚事办了
然后也好投入大业之中
只待那元朝再起纷乱
我们便各省起兵

这时程青晗偷偷去看那姚原
以为他会一百个答应
当即会跪下谢恩
也会感激自己这江山换生死的情深义重

七

谁知那姚原
却不发一声
坐在原处
面露苍凉之色
问道
程伯
这天下若能真的姓程
您打算如何治理
面对这黎民百姓

那程伯已有不悦
说道
这百姓便是猪狗
都是只为求生而摇尾乞怜
宋时忠于赵氏江山
到了元朝又跪在鞑子面前

称臣做奴
不敢二声
我父亲原来是南宋的武将
战死崖山殉国
谁去记得他的功败垂成

那宋之所以亡了
就在过于重恩而不重威于百姓
连四起的叛乱也不是死罪
还要招安息事
还与这文臣分权
文官一摇头一劝谏
这皇帝就什么也做不成
这最后亡国了
大宋的那些受被皇恩的朝臣与百姓
如今不又是去鞑子面前听命
鞑子把天下的人杀了五成
一开科取士
这些人又蠢蠢欲动
只为这自家的功名
只要有人赏饭
哪管那是蒙元还是赵宋
我若称帝
绝对会把天下的佛道都关了
只许念我天蚕的经
就像我现在的设置
也是鞑子的自毁前程
任由佛道传承

而且还让西土而来的那些人

任意传播他们的宗教

我倒学来不少

就是这思想严控

一饭一食也要念叨忠心于天蚕经

任何二想不能

设以秘密组织监控

让信众及百姓分不清敌友

随时可能有眼线在身旁左右

于是人人自危不敢有任何出格之行

我如今的教里

便有这八大督教圣英统领

除去我

谁也不知其身份

随时便会被他们处断

所以乖乖地无人敢不遵从我令

待基业大定

以这框架推广

到时必会天下宁定

你得在我之后有一回登基

尽享荣华

再传于我那程姓之孙

天下归还

各取所需之应

姚原听罢

心中已有决定

于是转头对青晗说道

我对你之情
是因你的那些自己所作的曲子
因而不陷入这人世之争
你痴于曲
就像我痴于这舞
曲舞相和之时
各自忘形
这份情本不在人间之中
我并没有想过
要以死去换一个执掌江山的人生
假若就这样成婚
你我便只剩这项契约去履行
我帮助你家去打天下
然后分一杯羹
再无乐舞之间每日拔出世间的泥泞
去坐享这仙逸超脱的一生
而没有这些
我如何去对你用情

这两年漂泊江湖
虽是危机四伏
随时担心这性命
但与王印与吴越两位兄长
诗画共行
仍然快慰人生

这男女之情
也见了他们俩的仙遇种种

自己也越来越分明
我与你
不能说无情
只是这情像种下一颗种子
我承认这种子我们已经有了
剩下的就是
一起去历经种种细碎之事
就如同春生秋落的叶子
而这情也一年年留下枝节
树木之干越长越成

但这得两个人始终同心同龄
只有我们都一直是孩子
或者一直都同是居心叵测大人
以相同年龄之心
才能白首不离一生
但我始终只是一个单纯孩子之心
痴于舞
也爱的是与我同龄
有些孩子气的
痴于乐的小仙子
这两年里每每挂在心中

但今天如果立下婚约
这婚约的内容是大人的
也是成熟的人才去做的事情
你以江山换我的舍命不顾
此情何堪其重

恕我无法从命
你是要成为一个大人
成为程青晗
身负使命
不得不成熟其中
我却一生只想做一个痴痴的孩子
无法与你共担这大任之行

我的心中
只是眷恋两个孩童
在溪边
没有约定什么事情
却永远心意互通
小小伙伴一样
没有任何夹杂的轻轻松松

那程青晗忽然哭出了声
这是姚原第一次见
却不敢上前回应

八

程伯却已是满脸怒色
说道
你以为这两年的江湖戏耍
全是一个孩子任性的好命
自你进入四川
便一直都在我的掌控之中

是我传信这青城峨眉等
让你凭我所教
天下成名
你去细想一想
这江湖上每天无所不用其极
抓到你值十万钱
这花样百出的暗器
这形形色色的下毒
就凭你们三个初出茅庐的黄口小儿
如何能过得了这些险情
是我布置
只让名门正派与你较量
又看你是在元朝对抗过的汉人忠良
他们必会让你三五分
方有这天下名动
你在涪江遇险
也是我教中督教圣英放船搭救
才成就了你这武林刺字大侠威名

最后一战
你也见识了我手下分坛的帮众
用的都是什么手段
你有几分能耐
对付得了这不怕死的天蚕教众

你今生只有一条路
就是推翻大元
才能洗脱这死囚的名声

反而成为你的资本
去称帝称雄

你也看见了
在你背后我下令纹一只蝴蝶
那是本教秘密督教使独有
这纹的过程
只是表面
而在你命门的左右已下了奇毒
由猪的膀胱之皮加隔药之层盛放
种在皮下
又经丝线下了机关
叫作“猪笼”
无人能解
若硬性破皮去除
触发机关
便会毒发慢慢溃烂而死
这膀胱皮会逐渐与人肉结合而被融破
多则一年半
少则一年
便必须回这崇明复命
再换我的新“猪笼”
才能继续任命

这天下的毒
只要服过或沾上
便必会起效
我用这方法

延迟发作
却可以轻松让大家一直听我差使
谁敢违令

再给你一些时间
你自己好好想清
两条路摆在你面前
是随我成为一代帝王
还是重回江湖
只剩一年
任由宰割
最后再跪求我来续命
鸡飞蛋打
敬酒不吃吃罚酒
还是好自为之
不可过于任性

九

于是一连三月
葛公与孙公连连来劝
但姚原和王印与吴越商讨
却对他们俩隐瞒了一件事情
就是已被种下了“猪笼”

王印只说道
就像当初我跟两位兄弟所说
正是因为儒学教人做狗

而匪皆为狼性
必然为这皇帝大位更迭
拼个有始无终
只是天下生民被劝做狗
于是一群狼们也就轻易可以推翻另一群
只需狼群互相争竞
所以必然会有这蒙古入主
自古中国就讲天下
自恃是中心之国
并不排斥异己之族
以后也还会有什么辽金一类的外族
接之以踵

这大元若还有什么好
便是自唐末之后
五代十国之乱
南北宋也不过一隅偏安
一直是诸国林立
华夏大地分裂了三四百年之久
大大小小战争不断
生灵涂炭
直到统一于元朝
一扫诸国的纷争
于是近四十余年
没有外患
万里内外都是蒙古的天下
百姓不再为战乱买单
不像五代十国

所以不必交更多杂役赋重
百姓负担很轻
如能继续汉化
更为宽松
如我当日所讲
达到江山更加紧密的大一统
又接续宋朝的人治之势继续发展
更加开明
不再以非治的姿态
去掳掠横行
未必不是有利于天下百姓

而以程教主的打算
不建人治之国
去继续大宋
却要比非治更要凶恶
连杂念异想都不容
人人成为猪狗
只吃不想
这岂非是人间地狱
再以如此秘密督教使人人自危
牢不可破
这天下只有做鬼做贼的一条路可行
实不敢想
如若得逞
天下还有什么为人的乐趣
人与人之间还有什么重义重情

再者蒙古的势力遍布如此之广
新的朝代如何能一战就驱除了蒙古
必让华夏大地重新陷入经久不息的战争
而诸多汉人枭雄
又会各自变成匪而争夺称雄
大小匪盗各自建国称帝
天下重新分裂成大小诸国
汉人之间的战争也永远不会消停
而这一切都只能是百姓来承受
兵役劳役没完没了
赋税也不会轻
再折腾个几十年
刚刚恢复点景气
整个华夏又是千疮百孔

王印又说道
这天下之中
看似纷乱
我们行走近两年
也都看清
这普通百姓头上
有两座大山
一座是朝廷
一座是江湖
这朝廷可以通过科考通行
虽然路窄
但毕竟这山是有路可通
这江湖

完全是欺压横行
武林正道
不过是圈起一隅去任由圈内人自灭自生
哪管得了江湖
江湖只是欺压百姓的匪众
于是学好去朝廷当官
学坏去江湖搏命

再留一个百姓还能走的
就是佛家的极乐往生
道家的修仙得道
过不了两座大山
还有一条路途去认命

姚原问
这佛与道最大的区别在哪里
我总也不甚分明

王印回答道
这佛的基础是悲观的
认为人生必苦
所以劝导人们认清苦自何来
寻求解脱的清净
这道底色是乐观的
所以追求得道成仙
永远可以享受当世的清净

答罢

王印又接着言道
是以天下能按以上几种模式的拼凑
改朝换代
还能自发地运行
自古便只有这江湖
匪盗会时常去推翻这朝廷
因这是最好的生意
抢也好杀也罢
都成了地义天经
败了也没什么
官府一直领军队围剿江湖
死活也全靠运气
何不赌一注大的
如若翻身则成帝王
死了本来不过在朝廷眼里就是一条贱命
以小博大
自古富贵全求在险中
庄子早云
窃钩者诛窃国者为诸侯
朝廷与匪徒本就难以分清
再加上反秦的陈胜吴广之言
王侯将相宁有种乎之说
从上到下
都鼓励把天下当成赌注之争

但一般的百姓
经过这么多朝代的战乱洗劫
有条件的求一个科举为官

光耀门庭
有些需要慰藉的求个佛的极乐和道的仙升
但更大多数
只想过自己普普通通的日子
能够安生

所以天下就实际只是江湖和朝廷
翻来覆去烙饼
或者你去做最大的匪徒压制所有小妖小盗
成为朝廷
可以收取赋税豢养兵丁镇压百姓
要么你就成为小妖小盗
打家劫舍去抢劫百姓
说来说去
百姓永远不可能安生

想当皇帝的都是一群匪盗
只讲狼性
只讲非治
而读书的人永远在学如何服侍匪盗变成的君王
怎么读怎么考也是教人做狗
忠于狼群
所以中了科举做了多大的官
也是为虎作伥
天下百姓如何能得到安宁

你要去为程家称帝拼命
我和吴越估计不会跟从

我们都各有所痴
其实说到这里
与佛道一样
甚至是比这更好的人的出路
而且人人都可行
就是这痴于艺的人生
不受任何牵制
单凭自己
单凭个人的悟性
便可在纸上在乐器上
让世界面貌随心更动
或喜或悲
去创造出真实全新的作品里的情境
这就完全执掌了自己的心灵
而一旦掌握了心灵
这世界也就任由你用心灵去重构重建
随取而用
因而执掌了生命
一切所经都只是素材
看开了
自己就是神灵
驾驭了事物万千
自成体系
比皇帝更自在
比佛道的来世和天上
更为可行
当下便可立即到达施行
是以为何李白与吴道子远留青名

历代不衰
便因人人都渴望如此一生

其实人们对大侠的崇拜
也恰是来自侠客永远可以自己独立自主
在朝廷与江湖轮转的怪圈里
跳将出来
特立独行
去驾驭他们自己的人生
所以才期盼他们能来主持公正
因为没有独立自主
全是利益权谋的算计
就不可能实现这公正

这世道
一天不是皇帝靠这考试任命
遵法共治
一天便是朝廷与江湖的翻来覆去
翻云覆雨
像烙一个饼
让百姓在一个大锅里
也始终是水深火热之中

吴越却不知道说什么好
只是觉得如若从了天蚕教主程天行
自己与王印一起从永济出来
便真的成了白费力气的苦行
所以便说

我只关心画画与你们两个义薄云天的英雄
若是把一生浪费在征讨天下上
我便只能回到运城
接着与天下无争

姚原见王印与吴越
没有一分贪图他日若自己成了一朝皇帝
能换来他们诗画的天下成名
荣华富贵
竟然一点不在考虑之中
心中的决定更加分明

姚原当初拒绝程伯
全因出于个人之情的想法之故
如今听了王印的解释
更加知道
这去参加江湖与朝廷之争
更是没有任何道路通向光明
更何况自己为舞而痴
又成为一个江湖侠客
对于王印所说的艺术胜过佛道的体会
也是心知肚明
也就更为坚定

吴越虽然刚遇到之时
还渴望天下成名
如今姚原眼见他已经成长
自从有了苏筱洁

早觉人生之船已经抛下了锚归回港湾
只剩下关心画中天地
再不关心自己知不知名
王印则从来没有关心过是否因诗成名
虽然心怀天下
而天下不过是取之不尽的诗之素材
其实只求得一诗中知己
如今有了如此通透的云仪
更对天下闲杂无心去争
至于自己要什么
自小封闭在皇宫内院之中
囚牢三年
又亡命奔逃这些时日
便只有自由
永远的自由
才是最奢望的
全心全情
唯有对青晗的挂念
尚觉有些缺憾于人生

饶是如此
姚原还是问了一声
说道
两位兄台与我一路流亡
不惜生死随我这死囚奔命
甚至无法去名山大川造访
连写诗和画画都耽误得不轻
我始终无以报答

若我可以答应程天行
将来有朝一日继承江山大统
便可一朝成就两位兄台
吴越哥哥便可光宗耀祖
画作天下驰名
王印哥哥
不但可以成为国家重臣
既可全力实施自己的治国方略
又可以成为五言名正言顺的霸主
岂止五言
天下诗坛都可以随便统领
还是官封
若两位哥哥吩咐
以我刺字大侠的江湖盛名
更不敢负了江湖之义
一死不足以报
更何况不过是遂了程天行
忍辱负重
忍气吞声
便可有朝一日让两位哥哥名就功成

王印和吴越
听了这话
气得同时大骂姚原
说道
若不是你一直口称
这一辈子只希望自由自在
只痴迷于舞

我们何必与你一起
各衷所痴
同甘共苦
天涯海角一同奔命
你却把我等想成
工于心计
老谋深算
钓誉沽名
竟然会为了一己之私
让你从一个火坑跳到另一个火坑
永不得自由
甚至不顾把百姓推进万劫不复的战争
早知道如此
便把你拿下了
换十万钱
就当卖一条死狗
也省得你浪费了我们好几年的清净

姚原这才跪下磕头
说道
纵我读书不多
这死囚的罪名虽然只有推翻大元方可洗清
但也知道那程天行要建立的天下
是以对百姓的仇恨为基石
我自己如何肯负了这大侠的英名
沆瀣一气的呼应

心下又对自己言道

纵使种了猪笼
命难长久
也决计不提一声

接着才又连连给二人道歉之后
王印与吴越才心领

既然没有任何压力来自两位兄长
无人期待因得皇权而同富贵
甚至这些从来都没被他们考虑过
姚原也就毅然决然地做了决定

姚原于是便回复葛公与孙公
极力言明
决不会参与其中
但是那程青晗
从未劝过姚原
也不见面
只听那笛声或是琴声
夹杂哀吟
一声又深似一声

而程伯已没耐心再等
甩给姚原一部《天蚕明经》
于是吩咐不得放三人出岛
径自去了
留下程青晗一人在岛中

姚原王印翻那《天蚕明经》
分为四大部分
第一部分
讲人都在天地之茧中
唯有天蚕教主能带领大家破茧而出
飞向大彻大悟的光明
天蚕教主如何已经是出茧至圣

第二部分
讲天蚕教的教规
必须绝对服从
只有绝对服从
天蚕教主才能点化它终于得到光明

第三部分
讲天蚕教得到光明秘法
需要教主如何亲自指引
其中之一就是为天蚕教以死殉教
便会立刻在死后得到光明

第四部分
就是天蚕教只有总教在崇明
其他各省分坛各取其门派的名
不让朝廷发现如此之多教众
但天蚕教的教众
应该如何互相帮扶
对于信教最忠诚者
可以调入崇明岛
在总教听候任命

第七章　九脉雁阵

一

这一年六月二十日
在龙虎山上如期开始了武林大会
这里景色优美
而全真派大兴之前
更是道教首屈一指的圣地
为正一派的大本营
因而牵头组织了这一次盛会

这是武林头一次打破门第
集合各派所长
共同切磋提升武术之威
全因这内功逐渐兴起
在此之前
少林的外练硬功夫
称雄天下
如今内家功夫日盛
各派均想交流这心得体会
革故鼎新
成为武林的一个里程碑

这一日
龙虎山张天师迎来了
武当、青城、崆峒、华山的掌门
还有佛教的衡山、峨眉、南少林的方丈
而少林方丈玄禅未到
却也派了师弟玄明大师与会
九大门派
不仅打破门第
也打破了佛道之界限
史称九脉雁阵
只因这内功乃武术的新境界
谁也不想甘居人后
落得一个下位

大家第一日寒暄客套之后
行礼节之规
第二日便移师天门山
仅九派掌门代表人讨论武术
旁人不得入内
正说话间
这山下吵吵闹闹
一问方知
程天行大侠要求参会
便协商一番
准予列席
于是他也加入进来
共商大势以对

张天师率众人向程天行行礼
说道
自从年初定下会期
九脉雁阵诸位便陆续均收到程大使的厚礼
正是二十年前
盛传武林的秘籍《通灵辑要》上部
记录了这任督二脉打通小周天的十种法门
果然精妙绝伦
相信在列的各派
均已辨明这正是秘籍的精汇
各派掌门也应当都已经依法试过
任督通畅
所以各大掌门差不多都来与会

程大侠二十年前
有力盖武林之威
纵横天下
无人能及
却神龙见首不见尾
忽然归隐山林
踪迹全无
传说大侠得了武林两部至上秘典
除了《通灵辑要》
还有一部讲天下运势推演之术的《九龙恒咒》
从此才悄然隐退
程大侠怕我们九派欠下人情
所以这《通灵辑要》上部
要求各派自行鉴定真伪

然后都拿出自家最擅长的两样兵器之谱
想必诸大门派
绝对不会推诿
这元廷有令
禁绝百姓持有武器
所以各大门派
也只用本门最日常的剑或棍
维护本派山门的秩序
所以这兵器之技法
闲置多年
若程大侠拿来参度改进
对天下武艺只有好处
今天大家即刻奉上
早已准备

二

于是九大门派陆续交出兵器谱
那程天行收了
然后一一道谢
倒是大家齐说
这《通灵辑要》乃江湖不传之秘
上乘内功的不二法门
若全凭个人修为
耗尽一生未必能够管中得窥
如今按这秘籍所示
多则一个月
少则三五日

便已轻松打通任督
奇经八脉均得带动
功力眼见得冲天直飞
多谢程大侠成全我辈

武当清虚道长又特意站出来说
二十靠力
三十靠技
四十靠器
五十靠计与气
这人到了五十岁后
如果没有内功的心法
动作变慢
又没有了耐力
绝难再有发挥
这《通灵辑要》的上部
让我们这些老人神清气爽
基本上还可以再靠力量抗衡年轻小辈
真的功德无量
武林从此重新给大家重振的机会

各自客气了一回
这一晃就是一天行将过去
只听程天行道
君子有成人之美
诸位是否还想得到这《通灵辑要》的下部
打通大周天
更上层楼

真正冲天而飞

九大门派的掌门及首要
哪个不想
这上乘的内功
必以这最后的大周天筑基
但小周天尚且如此之难
无人指点
可能一生自力难为
若不得其法
穷其一生大周天更是不得其道
尤其人人尽知在道教之内
这内丹之修炼法门
便是小周天通大周天为基
才能集气而炼
得以脱胎换骨
仙然若醉
自大唐以来数百年
有几人能得此道
屈指可数
得了那秘要
小周天之奇效
功力飞升已有体会
若大周天再通
便瞬间成为绝世一顶一的高手
尤其对于道教掌门
成仙之想
更是近在有生之岁

于是其声称想
各自兴奋了一回
但不知这次要拿什么换兑

只见那程天行道
这《通灵辑要》
诸位已经知道了
是内功的基础
完全以经络脏腑气血医学为根本
精要所汇
凝聚无数前人毕生修为
既通武功
也通医道
还要再讲缘化
才能著此秘籍
传之慎慎
只怕歹人持有
成就横行之败类
诸位都是武林高手
功德出类拔萃
又都是道教掌门
或高僧大德
传给诸位
可防今后再出武林罪孽
也好有人抗衡
武林之风得以纠偏
永让道义至理为贵

所以我传这秘籍
也是传我之人所托
因此不用什么筹码来换兑
只有两个要求
一是这大周天须有别人相助
才能顺通便利
否则还要得耗尽平生去亲研亲为
故而要比武来决出一个顺序
诸位这次相约九脉雁阵
把内功参对
也正好借此机会切磋
抽签分成四队
每对决出一人
胜者再分两队再决
最后剩下两人
再比试定下谁是第一位
然后每轮败者
再按此规则比武确定一个顺序
这样就排出八位
既然是九位掌门和首要
空出一位
众位先行选出
和我对决
胜我则排在第一位
败于我
则排在最后一位
比试拳脚和兵刃皆可
不知诸位可愿上阵排队

九大掌门自通了小周天
正好想找高手测试功力增了几成修为
齐声应允
正暗合本次聚会

程天行又道
这第二个条件
就是诸位在我助力下通了大周天
每通一位
便与我对决一回
九人我若胜了超过五位
便承认在下执掌的一个新门派
名为天蚕教
是与诸位山门平起平坐的正道宗派
若是全胜九位
则以后让这九脉雁阵形成常规
每三年举办一回
都由我天蚕教选地方筹办主持
接纳更多名门正派参会
今天所来这九大帮派
务必让本门辈分前三的一位大师每次前来助阵
继续造福后辈

这九大门派听过
便开始互相商议
如若应允了
不仅等于承认了一个新门派

而这天蚕教向来行踪神秘
但也没有太多不好的口碑
也不算折损自己门庭之威
但这比武决定最后的赢家
定下一个九脉雁阵的常设执掌机构
等于推选了一个武林盟主
所以大家得形成一个合意才对

于是又讨论了几个来回
既然能全胜九大掌门
推一个盟主也算实至名归
于是便也答应
只是多了一个条件
这九脉雁阵的三年例会
满了九年要重新推选一回
都觉九大门派大周天未通
以后还能功力渐近
这一次若败于程天行
还有再校正的机会

于是大家最终达成一致
欢天喜地
等着大会第三日比较武功列序排队

三

翌日清晨
十人在山上的一个小广场上集会

就要抽签按轮次比试
切切之心
都想早一点把这《通灵辑要》下部一窥
做好了签
正要进行
忽然从树后冒出一人
大声说道
诸位前辈
我乃姚原是也
程大侠也传过我这全部秘籍
这比武排队
太过繁复
不如让我也一试身手
我一人力战九位
按伤到我的先后
决定这先后次序
岂不更为公平
程大侠也能省出工夫
专心为大家讲解这秘籍下部
两全其美
不知我说得对不对

九大掌门
都知道这高手较量
没有上百个回合
难决一胜
若按原先的计划
没有七八天工夫

排不出这序列之队
但既已应承
怎好改了而妄自弃背

但见那程天行哈哈大笑
说道
列位
这刺字大侠姚原
是对抗元廷的忠良
想必人人知会
三年前我将他救出大狱
他却满天下被追杀
又教他这《通灵辑要》
用于行走防身
以防不备
近两年在江湖上立威
虽然没有正式拜我为师
我却有意招为爱婿
既然他不请自到
对于一个囚犯
身负死罪
若大家不出手
以后会引火烧身
朝廷上下会对佛道中人追责
那就成全了姚小侠
也成全了我们自己
按他说的方法排队

于是大家一致达成
以此来列序排队

这程天行果然是老江湖
不仅随行就市
把姚原之事公布于众
尽人皆知
抬高了自己的地位
为武林盟主一事打下根基
也告知了大家
这是未来的女婿
都留几分情面
不至于伤他太重
点到为止
只为排出一个次位

而那姚原
知道这其中的凶险所在
在与孙公的讨教之中
知道任督打通之后
最是危急
运功行气去较量
恐反而被误
重伤了经络的血气
从此被废
便只能去找孙公救治
若被埋了“猪笼”
几大门派皆成了天蚕教的俘虏

武林危矣
所以才冒如此风险
一直偷偷隐藏在左近
观察这事态的来回
昨天听到这计划如何排队
便已知这程天行布置的玄机
想了一夜
才想出这救火的方案
今日才出面应对
事到如今
九大门派已经通了任督
只能先予周旋
等通了大周天
再说明其理
不让程天行留下一个半途而废便自顾自离去
乘天下之共危

而程天行
并不知道姚原向孙公讨教如此之深的道理
这任督之通后的危机
是不传之秘
怎么也想不到姚原能无师自通
除非绝世之才能够知会
他本就是计划好的一石多鸟之计
这换兵器谱用于训练教众
这传《通灵辑要》再让他们受内伤后
用崇明岛节制武林
而最终还是要称雄天下

一旦造反起事
天下一呼万应
环环相扣
请君入瓮一回
所以这姚原虽然出来搅局
反倒成全他的用意
如今元朝尚没有大的急危
若武林中这些门派首领太早受这小周天之害
不但影响大周天再难贯通
反倒这武林盟主难以登位
自己用计太急
此时
才知道这盟主之位
远胜其他
心下反倒觉得姚原的出现
正是天意所助
反而很感激姚原一回

岂知那姚原早已下定决心
若程天行强行让大家遵守昨日之约
便只能出来说明这小周天之危
没想到这一改动提议
皆大欢喜
都念他的好
谁又知道这背后如何险象环生
暗藏之诡

四

于是以一敌九
又都是当世的高手
姚原之险也是头一回

他毕竟是一个晚辈
于是一个鹞子翻身站到正中
便不多言
以一招夜叉探海便袭那崆峒李道长
李道长一闪身
接以穿柳捉絮
便打将起来
九大掌门谁不想证明本派的实力
都想拔得头筹
见姚原不用剑
也都以空手应对

姚原深知这小周天之险
既不让九大掌门太过消耗
又不能让对方得手太过轻易
让程天行怀疑有鬼
所以拿出全身解数
纵横跳跃
攻得少
而躲得急
拳脚本不是他的擅长

没有剑
他只剩七分功夫应对
直到挺过了三十招
才卖一个破绽给龙虎山张天师
让他击中自己的肩井穴位
那张天师只用了三分气力
姚原心里知道他的爱惜
便轻喝一声
跳出战局之外
说道龙虎山张道长先伤我一下
可以排在最前出队

然后又跳进战局
一招负荆请罪
又向武当清虚道长直击
不出十招
又向少林玄明大师卖一个破绽
被击中灵台穴
玄明大师得以排在第二位
如此几次三番
六十招内
便定下了九位掌门的次序
随即各自归位
九大掌门齐声称赞姚原
姚大侠这一身功夫
每一招一式都如舞蹈一样
轻盈如飞
相形之下

我们这凶狠凌厉
愧为武林前辈

殊不知
其实姚原如此年轻
却比他们对内功有更精深的体会
这九大掌门
毕竟在元朝的息战背景下
疏于日常的功夫所用
所以倒是对舞蹈痴迷的姚原
每日基本功不辍
所以才弥补了经验不足
可以轻松应对

五

正待向下进行
姚原又重新提议
说道
我这武功乃程伯两年前所授
他远在我之上
但他以一敌九
九派轮流上阵
不够公平
也有辱九大门派的声威
不如我加入进来
我战胜几位算几位
我输了的几位前辈

程伯先战胜我
再与这赢了的前辈较量
这样计算胜场
更能公平体现实力
也能让程伯更专心于传授这《通灵辑要》
不用担心自己受损于名威

这明显有利于程天行
诸掌门都即刻应承
那程天行也就不再辞推

程天行暗想
难道这姚原已经回心转意
听了青晗的劝
终于决定帮扶于我
将来承继大位

却哪知道
姚原明白
这大周天一通
根基不固
力战之下
如果堵塞了经络
纠缠越来越复杂
更是难以换回
终还会着了程天行的道
去崇明岛找孙公解救
中了“猪笼”机关

再难回头知悔

于是其他人各归其位打坐行功
程天行按照顺序
将龙虎山张道长带到秘处
那是会前在山中搭好的十几座草棚
找了一间
便开始传授这《通灵辑要》下部
打通全身经络穴位

这秘法自然与当年教授姚原无别
只是如无外人导引
解释这言语中的玄机
全凭自悟
却可能耗尽一生的领悟体会
待主要方法讲清楚
便让张道长自行运气行功
不再跟随

然后又依次指教剩余八人
按照序位
用了整整五天
九大掌门都在文字表面领会
按照程天行的指点
各自行功
剩下的就要看个人的修为
谁能早日打通大周天
便可出来一战

所以九人除了吃饭喝水
都闭门不出
都想着早日彻悟得通
面上有光
为本派拿一个在先的席位

六

姚原也闭门行功
准备这场恶战
好最充分地应对
毕竟道教通医是传统
十道九医
所以第一个打通大周天的是武当清虚道长
仅用了十天时间
纵然他五十余岁
修为甚深
但得这毕生人人渴望而不可及的
大小周天一通百通
忽然间身轻体健
却还是兴奋异常
如恍然隔世
年轻了何止十岁二十岁

那程天行便急催清虚道长上阵打第一位
姚原正想等他冷静一天
再消化几回
哪知清虚道长却已急不可耐

于是姚原只好说
我得用剑
这是我更擅长的功夫
也是对武当表示尊重的行为

那清虚道长立刻答应
却哪知道这是姚原的爱护
大周天初通
若一味行功运气
拳脚相见
必会留下祸根
终有一日
因为搏斗用狠
总是违反于行气的自然之道
而让经络气血阻塞
盘根错节
凶险异常
要想复原已非个人自己能力可为
只能去求孙公调理
而陷入这程天行连环之计
无法再悔

姚原未待解释
这兵器对决
能少用内功
清虚道长剑已出手
虎虎生威
但凡大小周天已通

必会耳清目明
不仅动作快了几分
而且耐力也会增加
给人一种全新体会
而这与刚刚通络之后的兴奋与幻想一交汇
人更是难以自持
自大妄为

而姚原深知这种感受
心想一定要尽早击败他
泼一盆凉水

于是拔剑战在一处
两剑来来回回
但凡有资质的人
不仅动作比别人快
而且心里稳而不乱
即使临危
于是在对方出手到击中之间
又争取出一些时间判断
这样又超出对方几瞬
而有了这上乘内功
经久而不会降低速度
对方一失去耐力
就会身形变慢
于是相形之下又快出一分来应对

所以说天下武功唯快不破

还要唯耐
这清虚道长本刚得内功秘法
根基尚浅
不比姚原已习练三年
虽姚原不用内功比拼
但根基扎实
用在自身的日常修为
所以路数更正
再加他少小就一直学舞
身体柔韧协调
动作上又天生就快
是十万里挑一之才
正值青春顶峰
而心性纯洁
历经江湖的锻炼心态更是稳定几倍
于是高下之间
其实已经决定了这场比试的结局
想出意外也不会

而那清虚道长
习武时间太长
资质中本就差了姚原的天赋
再加动作已被自家套路完全固定
虽快
却是习练套路的熟悉之快
反倒掣肘了他的临时应对
所以不过三十招
姚原抓一个他苏秦背剑的小小破绽间隙

挑中了他的后背神堂穴
只破衣而不及肉
然后跳出圈外
说道
清虚道长承让前辈

清虚道长通了大周天
背后的感知也变得敏锐
知道高下已判
毕竟是一流的品德修为
又加上《通灵辑要》炼成的兴奋
当即认输
哈哈一笑
说刺字大侠果然名不虚传
早听我无殊徒儿念叨
今得亲试
果然凛凛神威

一转身
便又去闭关行气
好让这大周天
趁热打铁
可以巩固修为

又过两天
龙虎山张天师也功成出得草房
程天行便劝他即刻开战
于是姚原又拿出十分的能力

三十几式
也刺中了他背上意舍穴
张天师赞扬一番
便也急回闭关
又去沉浸大周天一通百通
有如得道成仙般的体会

又陆续经过了半个月
道教几位掌门均已败在姚原剑下
而佛教的几位掌门
毕竟在经络上没有道家熟悉如日常
所以中间空了半个月
姚原才先后击败刚出关的
峨眉衡山及南少林掌门
不知不觉间
便已是两个多月时光过去
但因这人人沉浸在大周天的欣慰
谁也没觉出疲累

最后一位
是少林的玄明出关
持棍与姚原的剑战在一处
这棍法本就浑然天成
且因比剑要长
所以防起来密不透风
再加上少林本就善于外练之功
所以极其刚猛
大周天才通

又意气正盛
打了八十余个回合
仍然没有占到便宜
姚原心急
再打下去
那内功用得多了
恐要伤了玄明法师的根基
他又不知自觉
只好用出更凌厉的杀招
那玄明已五十多岁
耗费大增
战过百余招
动作便有些迟缓下来
姚原一个龙跃出潭混合拦江筑坝
招式有变
终于刺中他肩井穴
才就此罢手
各自归位

七

翌日
程天行叫九大掌门出关聚会
大家又碰在一起
才明白
姚原已战胜九人
只差与程天行比试
最后决定这天蚕门为名门正派

是否有权主办三期九脉雁阵大会
而结果几乎已定
那姚原是程天行待定的女婿
方始兴叹
这武林要有一次大洗牌
而谁也不知该如何应对

程天行站出来
说道
姚小侠疲倦
战胜了九大掌门诸位
明日我与他决出高下
各有所得
明日便可收官本次大会
大家正要悻悻而回
继续闭关增加内在修为
聊以自慰
却见姚原站出来
高声说道
诸位前辈
我还要再发一言
还请诸位认真体会
这大小周天之通
并非一本万利
如果在搏斗之时
也把内功用上
因那搏斗本身
所有动作都不合经络气血的运行渠道与正逆顺序

全是凭两人之间的临时反应
临时应对
如果带内功而战
时间长了
必会让经络气血塞结
而若再强行继续如此行为
必会使局面盘根错节
再也无法通过行这小周天导引大周天的行运
自发调理
只能去求医道高人
再去针灸药石外力细细调整归位
会悔之晚矣
还望诸位细想
这大周天行功
只能用在日常
一点点把功力积累
强身健体
渐渐提高自己的内力
而搏斗之时不用
以免伤及这经络气血
还望诸位多多体会

那程天行暗自一惊
此时才知姚原并非来帮他
而是纯然来搅局
破坏自己的大计
一时想不明白
他如何得知这么深的内功忌讳

难道他自己用内功闯练江湖两年
已经受了内伤
才说出这心得体会

于是赶紧站出来
高声说道
姚小侠这是太过做作
大周天一通
百事无忧
自发自行
哪有这些因噎废食的狗屁道理
我闯荡江湖
内功加身几十年
有没有折损是否伤及
正好明日与姚小侠一战
看看他是不是故弄玄虚
不辩可知
姚小侠怕大家功力渐增
再难江湖立威
何必说得这么隐晦

那姚原正待要辩
毕竟自己内功从来没有夹带而用
没有受过内伤
因此无法说明这一过程
如今程天行一番言辞
反而显得自己无事生非
更何况这程天行就摆在近前

成名多年
却看不出异样
百口难辩
只能暗自心急
无法应对

而诸位掌门
大多还沉浸在大周天通经理络的欣慰
也没把这事当成要紧
只有武当清虚道长一人暗自反省
一时还无法把关窍知会

八

这一日
将是姚原与程天行最后一决高下
九大掌门早就到齐
二十年前
程天行横扫天下
远扬声威
而后又忽然隐居不出
谁都想亲见一下他的功力之实
是否早已成了九天任飞

而姚原不过两年多的《通灵辑要》得传
就能力胜九大掌门
也要亲见这《通灵辑要》的神威
看看自己有多少空间

还能再提升这功力多少倍
岂知这背后的玄机
姚原与程天行
都是百年一遇的天才
天资就比别人好太多
天下武功
唯快不破
再加上这大周天之功
耳清目明
提升了耐力
于是常人便觉得高不可攀
实则简单之极
可以处处倒推

只是姚原自幼习舞
对这动作异常敏锐
所以虽不用内功加力
却在招式上别人用过的自己就会
且不照搬
只掌握其动作机理精义
所以越战越有优势
别人哪能体会

而程天行
天分加上自己的经验老道
又用内功加力
且姚原最初为他所教
对他的性情习惯了如指掌

人越是初学乍练
那些习气越是明显
所以比之姚原
自己的优势明眼人更能懂得几倍

姚原于是深施一礼
说道
感谢程伯教我武功
但我声明并非天蚕门下
所以难堪这名分是爱婿
忽觉虽然程天行为了夺得天下
无所不用其极
自己这几年来
他虽然一直在操控
但毕竟自己是死囚
若不是程天行深入上都草原
救他出来
才多活了这些年
遇到王印与吴越
从此知道了人间的丑恶之中
还有尽善尽美

于是扑通跪下
磕了三个响头
又说道
多蒙程伯的救命之恩
今天再谢过
一会拼尽全力

还望程伯不要怪罪

程天行沉吟一会
方说道
人各有志
等你知道人心险恶
必会冤家路窄
重新考虑做这女婿
青晗只有交付给你
我才放心得下
一会你不用客气
反会羞辱了我几十年江湖名威
也让九大掌门受辱惭愧
我也会尽力而为
生死在命
都不必互相推诿

于是姚原站起
又把剑作揖
便一个起式
插香礼佛
剑一沉便刺向程天行
快如闪电
剑影飘风
那程天行同样之快
出剑横拔
一掌近身而击
一腿却后发先至

直踢姚原的腰围
姚原于是飞身腾起
半空之中
剑扫程天行的后脑
而程天行看准他必落之处
闪过这剑
便即刺出
而姚原却看准他的来剑
在上面用剑一搭
斜出几寸落地
程天行的剑便擦衣刺过
又战在一处
急急容不下一分喘息之缝隙
形如两个鬼魅

武林中的诸大派别
元朝之时因为禁止普通民众私持武器
本就缺少实战
而一般江湖上的鸡鸣狗盗之事
又以参与争端而羞愧
长期以来
都是点到为止地内部武功习练修为
所以更加讲究定式和套路
动作的快
全靠这熟练
但姚原与程天行本就天资卓越
动作反应比普通人快上三分
又只讲动作的机理

而不囿于套路
这动作的快
全是随机应变
更形似鬼魅

九大掌门
都看得如醉如痴
张了嘴要叹
却见两个你来我往
一个字也插不进去
暗自惭愧
才知如若不是姚原手下留情
没有用尽杀招
否则自己恐怕连三十招也难能应对

姚原见程天行已用尽全力
招招必杀
也不敢再留任何气力
只能杀招相应
式式必摧

一晃便是百余个回合
程天行用出一招
姚原便会
于是稍占上风
程天行忽然变招
所用剑法
全无套路

皆是随兴而起
加之出手出脚更添狠辣
姚原渐渐又落下风
忽险忽危

又战了一百余个回合
姚原已只有防守之功
艰难地步步倒退
再有三十招的话
估计就要胜负将判
再难改悔
甚至有性命之忧
回天还能有谁

正在此时
忽然听到传来笛声
人却不见在山中何处
那笛声先是悠扬
转而越来越急
旋律却始终优美

姚原自幼习舞
对这乐曲的节律
当然有自然的反应
在那乐曲响起时
心忽然静了
也变得沉稳起来
局势便没有再恶化

而当乐曲变急
自己的动作也跟着节拍加紧
于是又转为平手
又支撑了一百余个回合
忽然笛声又换一曲
时急时缓
那程天行不得不被姚原总变节奏的招式打乱
渐渐落了下风
又过六十余招
姚原已将他逼得倒退

而程天行忽然爆发
完全是拼命打法
于是必然空当更多
漏洞既出
殊死一搏
甚至一赌
毕竟天下武林盟主近在咫尺
他的心本就慌急
而姚原虽然武功比程天行还差火候
但无欲无求
只为证明给这武林前辈
多相信他一份所说的内功有益有危
需要合乎医理
才能深知错对
所以姚原的冷静便已补上了这不足
再加上这乐曲
让他恢复了运用身手的柔韧协调

那程天行已五十多岁
所以姚原胜出
便会成为绝对

正在此时
程天行一个飞身直劈
动作在半空
已无法再迂回
姚原一剑出手
忽然那乐曲停了
而姚原电光石火之间
忽然明白
这笛声必是程青晗
若胜了程天行
折了他的尊严
必会用尽全力去想办法铲除姚原
会让王印和吴越
以及筱洁和云仪等人临危
而无论胜负如何
这三百余个回合
九大掌门多数都会深信
他们俩都是用了《通灵辑要》的内功相斗
才能力战半日不溃
而那程青晗
帮助自己取胜
父女会心生嫌隙
再难帮助他和王印等人
局势更为混乱

不觉心生有悔

于是那剑下意识高抬出几分
从程天行身上掠过
又转而向下轻拍
打在他衣服上就收
如此之快的变化之中
九大掌门正憋一个叹字不敢发出
没有看出此处的玄机
还在如痴如醉

第八章　扶犁春秋

一

却见那姚原忽然收剑
转身直奔山下而去
到了几十步外大喝一声
我去也
再不回来喽

那程天行立在原地
痴痴发呆
忽然一咬牙
也顺着姚原奔去的方向
转而急走
不再回头

只留下九大掌门
不知所措
场面如何而收

而那程天行
待到所有人都看不见自己
忽地吐出一口血

这才停下
喘气一口接着一口

原来这内功气力
若是在搏击中用上
果真如姚原所说
会令经络气血堵塞
时间短看不出
时候一长便会显现出头
而十二正经一脉有断
其他也会纠缠更甚
最后会退回到只能用小周天运功
再想重新打通大周天
何其之难
如果用这小周天继续用气力再搏
便会如孙公所说
急害立刻如暴风骤雨夹攻
再难调头

当年
正是因为如此
他才归隐江湖
而若不是遇到孙公妙手
他也就无法再行恢复
但毕竟受过重大内伤
韬光养晦十余年
才终于解去这复发之忧

而今日一战
他又不得不运气相搏
否则哪能坚持三百余招
但十二正经旧处重塞
就算姚原那一剑装作不知
再战几十回合
小周天再闭封
自己从此就会在江湖之中
出尽了丑
所幸姚原那一招出过
拔脚便走
不仅成全了他
在九大掌门前打了一个平手
甚至救了他一命
其他人却不知不觉
面子却给留了一个够

但苦心经营二十年
在那一刻万念俱灰
内伤本不至于
但急火攻心
气血翻涌
竟吐了一口血
所以假意去追姚原
才遮住了这丑

而九大掌门
若不此后再去参研医道

永远会以为
这一边运功一边搏斗
可以战力无穷
自如发收
需得把这日积月累的内伤
有一个亲身感受
才会知道姚原所言非虚
只是当时
姚原从未用过内功搏斗
不知这大周天退化成小周天
一系列的危急之处
所以说不明白这其中理由
再加程天行的误导之计
更让江湖和武林留下一个巨大的疑窦

二

姚原从天门山跑路之后
便根据与吴越约定
找到会合之处
那吴越已两月有余的等候
早就焦急万分
又没有任何办法
只能转左转右
姚原见了他
也不多做解释
便拉他上路
姚原本来就是护送吴越去接筱洁

这九脉雁阵全是插曲
耽误了这么长时间
心有愧疚

两人按照原计划
不走长江
因怕万一被船夫举报
在这船上再到水里
都是束手无策
徒增隐忧

于是直奔贵州
翻过重山
再到重庆歌乐山
好让吴越与筱洁重聚
携手白头

而自己这背上的“猪笼”
经过这番力战
估计离十二月的一年
还有不到四个月
王印吴越等都还不知道
他早打算
等接到筱洁
与王印和云仪按约会合
送他们去了安全处
自己便去崇明岛
任凭发落

只是仍然不会摇尾乞怜
宁一死落得一个清净
再不以死囚身份
打扰王印与吴越两个兄长
恩爱一生行走
他若活着
他们绝不会背弃自己各自苟求

于是二人路上便买了马
急急地花了半个月
就已进入贵州

三

这一日正行得急
全是小路
却万般难走
只得又弃马
转为步行登山抄近路
又慢了不少
姚原心急
那吴越哪知这由头

正要下一座矮坡
忽见一个十五六的小姑娘
被五个大汉拦住去路
两人赶紧趴下
躲在暗处看个究竟

好知道这几个人所谋

只听那为首的汉子说道
先给我绑起来
于是四人便即冲上来
那姑娘何处逃走
于是从怀里掏出一包药粉
说道
这可是一种剧毒
沾身就会皮肤溃烂
难以再救

四人停住
正在犹豫
只听为首的汉子说

“以身殉道
早得解脱
天堂共贺”

那四个汉子跟着念了一遍
便冲上去
哪管这毒药之说
那小姑娘一时狠不下心来
正在彷徨之间
已经来不及
被七手八脚按在地上
于是一根绳子左缠右绕

捆了个结结实实
再难逃走

为首的汉子道
你爹这么多年
借着我们投鼠忌器
只卖这六种毒药
却不给方子
把钱赚了一足够
还变本加厉
换了几味药材
让解药也失效
需要从你这再来买
欺人太甚
也是上天有眼
让他采药踏空
一命呜呼
才有了机会得手
把你从云南约来这泗渡镇
我们湖南大义帮
费了多少心机
天蚕督教使都出面斥责
把二当家的废了
杀鸡给猴看
你知道我们每日都大难临头
多少个日夜睡不消停
瘦了又瘦
可巧这天蚕教主定下女儿的婚期

今年年底要各大门派前去朝拜
送礼丰厚
所以借机通知你是在九月大婚
才引你出头

今天你把这六种毒药方子
连同解药的方子和用量
都交到我手
我就放你回去
你也知道
这里面有几种药材
是云南独有
你生意照做
我们也不会赶尽杀绝
都留个后手

说着
见那小姑娘还不说话
便一摆手
那其中一个手下
就拿出刀来
在她白净的脸上擦了擦
做势要破相
不做不休

那小姑娘立时怕了
赶紧问
我要是给了

你们真放我走

那为首的汉子
赶紧趁热打铁
说道
我们也是响当当的大义帮
怎么会不重信守诺
把这好名声在江湖上留

那小姑娘又犹豫了半天
而那个手下
便在她的脖子下割了一个小口
鲜血直流

小姑娘没办法了
只好叹一口气
说六种毒药和解药的配方
你们已经拿了
那为首的汉子
赶紧问到底在哪
小姑娘于是道
你们抢了我的包袱
包袱里有一本医书
一共十二章
第一章每隔三字
便是毒药配方
第二章每隔四字
便是解药之方

第三章、第四章
是毒方和解方
每隔五六字读
……
说完叹息一口

那为首的汉子
赶紧去翻出那书
核对过后
果然以此方法去解
十分通顺
才喜笑颜开
忽然狞笑几声
说道
小姑娘
就你这样还闯荡江湖
接你父亲的班
成了云南奇药门的领头
我们骗你出来贵州
便已经犯了大忌
拿教主女儿的婚期设下计谋
这就犯了死罪
再加上我们用这些下作的手段
传到江湖
这大义门不成了大骗门
怎么能留你的活口

说着正要挥手

却听有人大喝一声
住手

四

原来正是姚原从坡上现身
几个纵跃
便来到了五人前头
然后把惊呆的首领擒住
拉他走到旁边
说道
你自己拉我衣服看那后背
看看那蝴蝶可是出自本教之手
那汉子已然开始哆嗦
勉强掀了下衣服
一见果然是
当即领了余下四个人不住磕头
但见姚原说道
今日之事你们以后对谁也别再提
只说碰到了姚原
这解药他去想办法了
谁都不会追究

这几个人更是磕头如鸡吃米
都知道这姚原的来头

姚原说道
还不快走

于是几个人起身
发力狂奔
都以为姚原要抢一个风头
大婚之前
也好有功劳大书特书
而他们拿婚期行骗
这大罪若加上
得不了一个完整的尸首

五

姚原解开了小姑娘的绑
拉过吴越
便要上路就走
知道这六种解药
都治不了他的“猪笼”之毒
因为程天行
不可能让第二个人挟持他手下的八大督教使者
开这么大的一个口

那小姑娘却追上来
拉住他
磕了三个响头

然后说道
姚大侠的名声
我们在云南都知道

但不知这“猪笼”
怎么一下在了您的身上
救命之恩
无以为报
但我可以试一试
这猪笼的毒或许有救

姚原有些惊喜
但吴越却摸不着头

只听小姑娘说
我爹生前曾特意交代过
这“猪笼”之毒
他已推测出十之八九
那天蚕教当初买药毒时
特意问过我爹有没有一味药
毒性发作要辅以其他
轻易不发
一发难解
而起效时间在一年半左右
我爹便给他了一种毒物
叫乌灿
是一种苍山深处才有的矿物
这乌灿
只有六种毒药里其中三种的任何两种混合
与乌灿同放一起
功效才能起发
且无解药

要折磨他半年才会死去
后来那人就单独又买了一批乌灿
我爹告诉我
一旦落入天蚕教之手
或者可以根据这个线索
求督教使者一试
或能得救
大侠如果让我一试
就算这“猪笼”难破
那三种解药我却都有
再忍痛把这伤口洗净
应该可以试一试这方法
或许能够得手

姚原大喜
赶紧谢过这小姑娘
又问她姓名
她回答道
我叫邹秀秀

于是架起火来
秀秀把随身的小刀烧着消毒
又去山上采了几味药
有麻醉功能
便开始为姚原除乌灿之毒
一试身手
谁知在背上割过几刀后
便即停手

说道
恭喜姚大侠
那给你刺蝶的人
并没有给你下猪笼
我仔细检查过了
都只伤了表层皮肤
并没有什么更深的机关之口

姚原暗惊
此时才知
程天行知道自己的女儿认定姚原
这些年愧对女儿
所以竟未敢对他真的下手
或者在东指壶峰的近一年里
念他忠厚
自己也不愿下此狠手
程天行纵然对天下人再恨之入骨
当归位思考女儿的未来时
也还是极尽温柔

六

被秀秀包扎了伤口
道别之际
她说道
我在大理居住
苍山洱海之间
有一处隐秘的寨子藏在里头

叫慕云别院
大侠若来隐居
我随时恭候
说着又把那本秘方之书相赠
但姚原决计不收
秀秀说这救命之恩
无以为报
这毒药的方子
没有特产药材也用不上
大侠也不是下三滥的身手
但这解毒之方
却有利江湖行走
说着把每一种毒的症状标上
姚原不得不收
答应她决不向第二人泄露
这才各自上路分手

姚原与吴越
跋山涉水
又经过月余行走
终于来到歌乐山旁
接到筱洁
休整二三日
买了条江船
由筱洁驾舟
沿江直奔金陵
顺水而下
沿途不再多做停留

一路上
姚原和吴越把重庆一别后的过往
细细跟筱洁交代
吴越也补上了九脉雁阵的过由
那筱洁一会高兴
一会忧愁

原来
在崇明岛上被囚禁数月之后
程伯走了不久
姚原就去找了青晗
加以恳求
青晗知道他心意已决
这样逼婚
反倒是传了出去
让她更难以见人
反而出更大的丑

于是青晗去找孙公葛公
要求放他们走
孙公与葛公左右为难
青晗于是道
您二位本想隐居深山
著书立说
一生所学传于后人
救死扶伤
被我父亲把家眷扣留

以此要挟
才在这崇明岛上常驻
将来有一日
若整个天蚕教交到我手
我必放了你们的家属
任你们自己也活得自由
这放人之事
我会跟我父亲说
全是我绑了你们
强迫而为
决不会牵连你们
一力承担
将来回报必会更加丰厚

孙公葛公
哪还有别的选择
让青晗绑上
才放他们从渡口坐船出走

姚原和王印与吴越三人
便急行到梅堰
去接云仪
那胡鹤回去之后
把她像菩萨一样供起来
见了三人
又不住磕头
不仅不再要那二十万钱
还要再奉上十万钱压惊

但三人却没收

一行四人便在梅堰分手
姚原与吴越去接筱洁
而王印与云仪去了湖州
取留下的诗画
和剩下的钱
把小青赎出
让她重归自由
约好在金陵的地点
不见不散
一起会合
就去扶犁岛隐居不出
过神仙般的日子
不再牵扯江湖上的恩怨情仇

于是王印和吴越上路
却在鹰潭附近被武当陆无殊道长认出来
一打听
才知道是陪清虚掌门来龙虎山
参加九脉雁阵
讨论内功交流
而程天行重出江湖
送了九大门派厚礼
是《通灵辑要》的上册
只要求换兵器谱
并要求参加武林大会
还会把下部也传授

姚原知道
这小周天与大周天的机理
又觉程天行一定有大的阴谋
这九大门派
虽看似大多拦阻过他
但更多是武艺相授
于他有恩
便让吴越等在一处固定地方
他去看个究竟
各自分头
才有后来的九脉雁阵之战
和路遇云南的邹秀秀

七

毕竟是顺水行舟
不出半月
便到了金陵的码头

吴越去了相约的地点
王印与云仪正自焦急
小青也在
一听都平安到来
才又放心
于是与姚原会合
万般感慨涌上心头

既然所有事情都已了结
正好有船
便一起顺江直下
去扶犁岛过神仙日子
再不发愁

一路上
姚原又把经过细细讲了
王印才把姚原训斥一顿
说种了“猪笼”之事
早该说了
有难同当
怎能让你一力承担
大家同仇敌忾
江湖行走

王印也把去湖州到后来的事
也细说了一遍
原来到得霁月楼
那老鸨林妈千恩万谢
说太湖帮不但没来要回那二十万钱
还派人给霁月楼当了保镖
再也不怕地痞流氓闹事
没了云仪
生意兴隆依旧
知道是王印的过命朋友
名传千里的刺字大侠姚原
让太湖帮使然

于是千恩万谢云仪
说嫁对了人
又交对了朋友

王印则感激林妈
当日只要十万钱的赎金
对太湖帮的势力
都要二十万必收
那林妈道
都说青楼无情
但人真无情的话
要那钱财干甚
活着也早就够够
那云仪姑娘
不仅才华出众
人品也是一流
给她找个好人家
我一直惦记得紧
王公子虽穷
却是万里挑一的优秀
此事不成全
我祖上的阴德都一并丢在了我手

于是云仪又感激一回
抱着又哭了一回
才提出要把小青赎出带走
那林妈一听
又夸了云仪一回

说连对这小丫头也重情重义
人品真是世上难有
所以不但一分没收
还奉上五万钱
说这云仪虽然是太湖帮赎走
但绕了一圈
也实质上是王印买单
所以多出的十万钱
一人一半
而霁月楼还多了太湖帮做保镖
赚了个够
于是千求万请
云仪才让王印照单全收
小青赎出来后
云仪给她一万钱
让她找地方安家落户
小青无家可归
誓死要一生跟随云仪
云仪见她举目无亲
便也就答应了一起走
三人便到了金陵
一直在此等候

船行之中
姚原一直万分羡慕王印与吴越两对情侣
便问道
这程天行说
我们三人从四川开始

一路上都是他的安排
你们俩为什么对筱洁和云仪
一回也没生过怀疑
她们也是假意受命
才成了一对眷侣
难道不担心她们
也只是天蚕教的卧底
另有所求

那王印与吴越
几乎异口同声
说这情字发乎心
是真是假最易分辨
不在生生死死之时才知
只在一针一线中织就
人能装那生生死死
可这一针一线绝难将就
于是姚原苦笑几声
心想那青晗
如何不是情自心发
只是拿江山来换生死
在别人看来是天下最大的好事
但对他来说
却是如劝鸟入笼
这一番割舍之后
果真念念不忘的
是青晗在那东指壶山下的小溪
一举一动

倒真不是这生死之忧

八

不几日
便过了崇明岛
到了海上
那江船本不同海船
但因扶犁岛离岸边不太远
所以一帆风顺
有一条船
也解了这出行补充生计所需的忧

一切很是顺利
找到了洋山岛
又根据地图所示
到达扶犁岛
果然如南少林正观法师所说
像一个被扶立的耕犁之头
海岸很短
整个岛就一座难攀的山
几个人很容易就到了入口

潜水而下
进入那个大洞
有几十丈宽
几个人欢呼雀跃一回
左右检视

竟找到一条大缝
可以攀循到山顶
只是当年法师只为清修
却没太多走动
所以不知这上山有此处可走

于是住下来
与世隔绝
神仙一样
再没奔波
没有追杀
没有这纠纠缠缠的江湖恩仇

而洞中正好一块平地
像一个天然的舞席
姚原又可以练舞
只是没有乐曲
只能是一些基本功
像小的时候

天天吃那海鲜海鱼
长了就想念这大饼馒头
于是小青和筱洁
便驾船上岸
去做一番采购

有一日
小青竟买回来一张古筝

那云仪便试奏
姚原于是跟着这曲子
在舞席上开始飞舞
这是一众人等第一次见到
以前只知他的功夫
但见姚原
身轻如燕
却不缺阳刚
柔中带刚
刚中带柔
把大家看得呆立原地
竟忘了鼓掌拍手

吴越惊得竟然忘记了拿出纸笔
去画姚原的动作
只因每一刻都美轮美奂
他已经不知道如何下手

一曲终了
云仪才说
我在霁月楼也习舞
和那里的我这般的莺莺燕燕相比
姚原大侠简直就是凤舞九天
让我万分之羞

而吴越也道
一路上只见你江湖厮杀
也潇洒飘逸

直到看了这纯粹的舞蹈
才知道美如万米长卷
若江湖不生死拼杀
而是比这动作谁更动人
绝对会轻松成为武林第一人
那世道就成了一个太好的时候

王印则戏言
当初你拿马来卖
我若知道你跳得如此之好
全是皇家御用
我那五十钱便只请你跳一曲
便已是足够
没成想这五十钱花出了五十万钱的作用
最后还剩回来五万钱
够我们吃到白头

说完忽然想到一事
对大家说
我也是头一次听云仪抚琴
对了
以后不要再叫我家媳妇云仪
她出嫁之时
已取名方翊
大家都要改口

云仪一阵娇羞
便再转话题道

听姚兄弟说
青晗姑娘弹得更好
且会所有乐器
而且都是演奏自己作的新曲
我只是弹些旧的
真真是献丑
你们有没有注意
筱洁初见之时
皮肤晒得稍黑
这在洞中几个月
全白回来了
越发地仙秀

这吴越此时才注意
但见那筱洁
果然白皙动人
与他在永济画的画
不差分毫
反倒因为没有脂粉
还多出几分清秀
一时呆呆盯着
把筱洁看得无处躲藏
羞了又羞

于是下一次小青采购
便买了纸笔颜料
吴越除了重新画那筱洁
又到山顶

画大海山色
而王印沉吟后题诗在上头

扶犁观海

望海永无尽
新来每时云
舟撑水平线
弦弓射归心

大家齐心赞叹
吴越与王印珠联璧合
动如肱肘
又一起爬上扶犁山
共同体会这诗中的意境
自然不忘痛饮一番让小青特意买回来的好酒

倒是姚原赞完
忽然心头掠过一丝忧愁
这扶犁岛虽好
但王印吴越两位兄长一旦待得太久
这诗与画
如何成就
而这思念大好江山的归心
王印无意之间的吐露
更让他内心无比愧疚

九

就这样笑语欢言
诗画酒舞
神仙般的日子
似水涓涓长流
一晃又一年快到了头

这一日
小青与筱洁去采购
方珝也跟了去
良久方回
众人问是不是有什么变故
是否被天蚕教或者官府盯上
方珝均笑答没有
只是听到街谈巷议
说朝廷有变
好像泰定帝已驾崩
三个皇帝一起冒出来继位
争得一个头破血流

原来
泰定帝当了五年皇帝
便即去逝
立的太子是其子阿速吉八
但色目人丞相倒剌沙专权
迟迟不让太子继位

另有阴谋

而原来元武宗时期的重臣旧部
趁这时机
分别将当年被仁宗远贬的武宗两子
长子和世㻋和其弟图帖睦尔
在大都与和林各自扶持继位而就

元武宗当年立元仁宗为太子早就有约
仁宗死后要把大位传于武宗长子和世㻋
结果却立了自己的儿子英宗
武宗旧臣一直不满
因此趁乱分别重立和世㻋和图帖睦尔
一为元明宗
一为元文宗
而权臣倒剌沙一看不妙
便只好立了太子阿速八吉为天顺帝
于是同时存在了三个皇帝
那元明宗在漠北
天顺帝在上都
元文宗在大都
剑拔弩张
打破了头

最后元文宗与天顺帝出兵战在一处
爆发了两都之战
后元文宗图帖睦尔包围了上都
杀了天顺帝

拔得头筹

但当年武宗与仁宗之约
是立元明宗和世㻋
元文宗假意承认元明宗
退位甘为臣下
奉其为正传
却在上都之南相迎
毒死了元明宗
然后再次称帝
但经这一乱
群龙无首
这各方势力仍存
都在蠢蠢欲动
时局难稳
天下风雨飘摇
不知道又到什么时候

于是王印叹道
估计这天蚕教
应该会相时而动
天下重新会陷入一场恶战
生民涂炭
不知又要多久

姚原也甚为关心
于是想上岸去探天蚕教的动静
被王印与吴越拦住

都说他不宜露头
执拗不过
于是王印与吴越只好自己一起出面
去打听天蚕教的动向
让姚原在扶犁岛等候

十

过了半个月回来后
王印与吴越带回消息
果然天蚕教开始让各地所属门派大力招募人手
还用九脉燕阵得来的兵器谱
开始训练
看来如果时局持续下去
一两年之内
一场反元大战便会起于江南
不会等得多久

姚原长叹一声
沉默了几天
忽有一日叫王印与吴越一起
到扶犁山上喝酒
面红耳赤之际
姚原说道
我本是一个死囚
若不是后来机缘巧合
我早被处死在街头
有了大家的帮助

才多活了五六年之久

我一直连累两位
四处飘泊奔走
虽然现在安定
但我们都痴心于各自之艺
感同身受
但你们总需要新的素材
才能超越自己
有所成就
而你们一直封闭在此洞中
这画和诗
早晚不得不丢

最重要的是
王兄一直教诲
当以天下生民为重
如若知道这场大战在即
天下又被涂炭
身为侠客
我不能坐视不救

我以死囚身份
想以剑去谏朝廷
早日收了这权斗
重新重用科举之士
学习宋风
仁义治国

方是令天下平定之策
正如王兄所言
如若天蚕教能打赢大元
也并无改善
视生民为猪狗
而大元在如此广大地域都有大汗属国
天蚕王朝与大元
所战必会持久
而汉人匪盗必又四起
各自称帝
那天下百姓再无天晴地朗的时候
如此再难见到
王兄所期待的考试选皇帝以优
立法天下人人都受约束
但目前只有这权宜之策
就是维稳大元朝政
继续汉化
从非治转向大宋开辟的人治
然后
再将更高的仁义追求

程天行于我有恩
我不能举报他的谋反之计
但为天下生民主持一次前途大义
应当应分
虽不为大元朝政当狗
却该为民而忧
否则岂不让这刺字大侠的名号蒙羞

虽然我本无意为一代侠客
全是命运逼迫
才一路错成错就

以我一条贱命
若能对元帝劝谏
愿意万死而求

这是从大义所说
而从两位兄长的今后
这也是唯一的方案
我一死有所值
而两位兄长也可以携着爱侣
江湖重得自由
不必再去四处奔走
生儿育女
等那天下终有一天的大好时候

而我一直连累两位兄长
随时路过大好江山
有我在
却永远难以正大光明地探看天下奇景异秀
在这孤岛久了
连诗画也再难有所成就

吴越大骂姚原
说我们这般日子
已经是无欲无求

你又何必如此鸡零狗碎
说连累我们的话头

倒是王印沉吟许久
说道
为天下生民谋
其死天日可鉴
英雄之名自能成就

你我三人
虽专心于诗画与舞
其实也是开辟一条大路
能为所有人给出答案
就是如何自救
引领众人
喻示天下
独立自求

但现在天下即将大乱
而江山又将被匪盗分割
有志之士
当不会坐视不理
否则余生自疚

我佩服姚贤弟
虽痴于舞
却也是武林盖世的英雄
艺与侠从根本上说

立意相通
只是艺乃完全不依赖任何人
只以作品喻示民间
而侠则要在江湖与实事中
保持独立与清醒
要靠去做去施行才能成就
既然为侠
当有这大侠的风范
担当一份大侠的职责
以示后人
否则
必会成为别人的笑柄
难成此生的不朽

我赞同这姚大侠的决定
但不同意姚贤弟的以死相求
你应拿出全部武功
既要去
又要全身而退
才是对天下最好的示例
让那些皇帝们
知道百姓不会只是猪狗
任由宰割
死的应该是那些帝王
他们只会挂羊头卖狗肉
告诉他们
总有人会以侠义之名出头

若你只怀必死之心
一了百了
我不会同意
若你是以侠客之名
为天下正名
为万众出头
我双手赞同
和你一同前去
等你功成出得大都
再过这日子
无虑无忧

这吴越不再说话
倒是姚原心头一震
那豪气冲天而起
又喝了几十杯酒
大醉之后
被王印与吴越抬回了洞中
醉倒了
姚原还在重复念着
一世英雄
不应以死成就
我明白了
全身而退
大侠之名才是万众的所求

第九章　剑谏朝纲

一

三日后下起一场大雪
姚原就要上路
孤身一人

虽然王印吴越坚持要去
但姚原说
此行是要剑谏朝纲
独闯大都
皇宫深深
去时还要一路照顾你们
逃出生天
又会连累你们
必受追缉
反而会让我分心分神

姚原说得极有道理
王印吴越也就不再坚持
而姚原也装作平静万分
但谁都知道
这一去九死一生

很可能就会生死别离
所以大家还是略显阴沉

王印前日用了一整天
写了一篇劝谏元帝的长文
姚原与吴越
以及几个姐妹读了
无不拍手称快
才一改了这气氛

大家又痛饮了一回
才在第三日一起离岛
送别姚原赶路
姚原收好了那谏文
不再多说
便要上路朝大都飞奔

王印道
好兄弟
你一定能尽退全身
我们不日就会离开
在金陵等你归来
还是老地方
期待重见姚大侠的人

姚原长笑一声
说兄长给李白写过诗了
也送我一首

不枉来过世上一回
赚多少江湖名分
也不如兄台的一首诗
更光彩照人
王印于是大笑
脱口而出

英雄

夜萤自有灯
鸟飞借谁弓
白烛不染暗
燃燃是英雄

又说道
算我欠兄弟的
这几年竟没送你诗
你若回来了
再给你写千首万首
你可不能扔下我们

姚原也大笑
说记得了
于是把那诗再念一遍
便即头也不回
拔步转身

忽然被方珝叫住

方翊说道
我昨日也写好了一诗
送与姚大侠
于是在雪地上写下

大雪节令

云乌落雪莹
池浊冻玉冰
天下寒且重
更拥洁士生

姚原赶紧还礼
说好诗好诗
有这给我的两首诗
出自天下最好的诗人和最好的诗人知己
天下有谁能得到如此待遇
我这一生夫复何求
大家等我早日履行大侠之责的音信

说完长笑一声
转身便走
只留两行清晰的脚印
等姚原去远
方翊小青筱洁
才哭出声音
王印吴越又安慰一通
说道

我们再住两日
就去金陵
等姚兄弟的音信

二

姚原路过青浦镇
买了一匹好马
又蒙上了面巾
一路打马而奔

渡过长江直奔黄河
一路无话
忽然在嵩山东去三十里附近
被一群僧人拦住
为首正是少林方丈玄禅大师
手持禅杖
虽已六十有余
却红光满面
定气闲神

玄禅道
刺字大侠的威名已久
九脉雁阵
更是武林皆闻
这两年
我为参研玄明师弟带回的《通灵辑要》心得
特意去会了武当清虚道长

又请教了精通医术的人
才确信姚大侠当时的一片苦心

姚大侠不仅武功盖世
而且足具功德之心
一向久仰
今日老衲得见真人
幸甚幸甚

但既已有人通报
姚大侠毕竟是朝廷重犯
我不得不出手讨教
以证少林的清白
还望恕过我少林门

说着
先施一礼
又抢先出手
以示对姚原之尊

姚原正要还礼
见禅杖已急驰而到
只好拔剑相迎
容不得轻视半分

那禅杖
虎虎生风
浑然一体

难以近身
姚原以防为主
待过了三十招
才看出几处空隙
于是防中夹攻
又战了三十余招
才得局势平分
玄禅大师自知年纪大了
力求速战速决
便使出杀招
姚原反倒看出更多破绽
又过了三十余招
忽然一声长喝
跳出圈外
深施一礼
说大师承让了
拜过玄禅掌门

那玄禅捋须一笑
说道
姚大侠果然武学奇才
这第一百零八个回合
是本门法杖的必杀技
推舟送桨
法杖前指
却暗自可以杖头杖尾横扫
而对方若退
这腿上随时进击

姚大侠却不按常理后退
一剑直压法杖
然后借势翻飞而起
挑中我后背魄户穴
只破衣
不伤皮肤
拿捏之准
真让人惊叹万分

姚原见玄禅大师输了
还要把这对方的优点讲明
果然不愧是天下名门
又施一礼
正要拔脚上路
却见玄禅一挥手
于是二十几个僧人
摆出一阵
拦住去路
却听那玄禅道
姚大侠这是向大都去
事关重大
于公要给朝廷交代
于私受人所托要留人
能闯过去
自然也是本门学艺不精
便不再过问

正说间

二十几僧人一拥而上
拿刀拿枪拿棍拿斧都有
却不是棍阵
也全然没有章法
都是各自为战
把水搅混
于是姚原便全神贯注
全力而战
十分功力用上十分
他在人群里
时人时出
左翻右飞
虽然这二十几人混乱
但毕竟不比地痞流氓的混不吝
也不比天蚕教众的不要死活
都是按套路进退
于是还能招架
大战了一百五十余个来回
才跳出战阵

那二十几个僧人互相检视
见人人衣上有被刺之处
便一起退下
又列成队阵
玄禅一笑
说道
这样也好
皆大欢喜

真把姚大侠留住
我倒反而不知如何是好
还望姚大侠
体谅我这一番苦心

三

经这一战得以热身
荒疏了一年多的武艺
又重新变得炉火纯青
姚原也是为之一振
有了更多信心

这一路上
白天赶路
夜里打坐行功
养足精神
还把王印所写的谏文
背得一字不差
以便更好地劝谏
临危之时
更不能乱了方寸
而他自幼生长在宫廷舞班
对皇宫内里
熟悉万分
但这大都的内城外城
却从未去见识
要想从皇宫出去

从来是不准

这一天到了大都附近
卖了马
就蒙面而行
穿梭在大都街道上
去买绳索钩挠
但见市井繁华
极其热闹
虽然元朝宫廷不稳
但对百姓十分宽松
因此到处安分
心想
若再被一场大战洗礼
重归到处野草荒坟
更加于心不忍

而全国通缉姚原
已经是五年前
路人也早忘了这一回事
没人注意他的一举一动
更不会想到
他敢来大都
所以一切皆顺

于是在城外睡过了几个好觉
对出城的路线弄了个十拿九稳
便开始想详细的计划

如何把这皇宫混进

四

这一日清早
大雪又下起来
姚原在殿顶上睡了一夜
前半夜还是晴空
望见明月如冰
化了又结
星辰如霜
铺满一天
寒风逼人
没想到天明时分
雪花便开始扬扬纷纷

登朝的官员陆续到了
进了正乾殿
南面就是姚原所在的元和殿
之间是一个大广场
在正乾殿台阶之下
能容纳上千人
忽听一人在元和殿的高顶上
大喝道
元帝听着
我来劝谏朝纲
还请允准
正是姚原

手执一把明晃晃的利剑
声若洪钟
在大雪中
单衣灰褂
格外引人

不一会在十几个亲军侍卫的簇拥下
元帝走出正乾殿
四十几个大臣都外围护驾
而守卫皇宫的怯薛军
也从左右的通道上
越聚越多
不出一刻时间
在广场上持枪排好阵势
足有一千多人
只听元帝对宣令官耳语几句
那人便去到怯薛军阵边
大声喊道
来人报上姓名
你既然执剑相谏
能过这怯薛军阵
便准予献上谏文

姚原高声答道
我便是五年前泰定帝通缉的死囚
姚原是也
既然如此
一言为定

还望金口玉言
立以为信

那元帝听清了
便问群臣姚原乃是何人
有前朝老臣赶紧回复了
那元帝经此提醒
也耳闻过前朝
元英宗如何面对铁木迭儿专横跋扈
又对这姚原朝堂上仗义执言
被当做了替死鬼
也明白了几分
于是便放松了心神
以为这姚原只是来申冤
于是传令
再度恩准确认

于是姚原抛下绳子
用挠钩搭在房脊
便轻身下到广场之南
面对这千余人的禁卫怯薛军
心中已有了打算
更加坚定
气脉平稳
落地不过半刻
那禁卫军开始齐声震吼
姚原不等吼声完结
便提剑直杀入阵

五

姚原先是在中间扰乱
然后几个起落
便来到最东侧
然后阵型也随之东移
不乱半分

虽是人多
但在广场有限的面积上
参与击杀的
最多不过十几人
而这些怯薛军
都是蒙古人
本来最擅长的是马上持刀作战
而守卫宫廷
为了保持军容
所以都改练了长枪
单兵作战
并无太高的功夫
更多是展示威严之尊

再加之有几个人敢去闯皇宫
所以就更是久疏战阵
只有礼仪队列拿得准
但蒙古人尚力
所以也不至于太过消沉

个个勇猛
不会怯阵

姚原在殿脊之上
就已看明
这些禁军的编制
每队的衣着区分
下来应战
早有分寸
但这毕竟是千人
他从东侧杀起
一层剥开
又一层涌来
恐怕他跃上台阶
伤了元帝的龙尊

那姚原即使杀到台阶前
也不纵身而上
而是再左右跳纵
反而回返转身

这人群之间
若是怯薛军扔了枪
付出几人受伤的代价
一哄而上
也早把姚原拿住
但军规严明
丢了武器

便视同示弱
又何况元帝的命令
是让姚原来答阵
所以不敢乱了阵型
这参战的十几个人
就只能左杀右刺
而外围的人
只能齐吼助阵

那姚原习武以来
一生从未伤过一人
这剑上没见过任何一滴血
所以那蒙古禁军也就不以死相搏
保护元帝要紧
更何况对阵的只是姚原一人

于是只见剑光闪烁
时而劈挡
时而用剑借枪
上下翻飞
从东侧一直向西
在人堆之中
忽退忽进

但这重重包围
越向西去
越来到人群正中
闪展余地

也就越来越紧
姚原拼杀了一个时辰
体力就将耗尽

六

姚原心里一估量
这一阵才冲了三分之一
再这样下去
再支撑几刻
动作就会迟缓起来
于是心下一横
用出一连串的进攻杀招
逼退近冲的人
稍得喘息
便暗自调息
气运任督
又加一些内息之力
调集十二正经
终于畅行大周天
这已是近五年每日做的
分不了多少心神

于是刹那间
又内功充盈
来了精神
这本是大忌
就是通运大周天同时

违背身体气血与经络的自然之势
去与人搏杀
只应对相互的攻防变化
不顾经脉畅顺

这样又渐渐得势
比先前更轻盈许多
冲击这千人大阵
被里三层外十层
包裹得如此之紧
那禁军本已看到对方
直流虚汗
在大雪中呼吸越来越紧
大雪之中口里白气越来越粗
却一时半刻后
忽又变成莺燕之身
轻巧更多几分
不由也心生敬佩
于是便没那么狠
只要姚原不跃出阵去
飞向正乾殿的台阶
便不乱自阵

于是又杀了快一个时辰
从东向西
已过了三分之二
但如此左冲右突
在人粥之中

气血如何能顺
姚原已能觉出
自己的气息又滞
十二正经
已开始纠缠不清
又渐渐失势
那些兵士看不出来
自己却已经开始气血翻涌
身体已经开始发沉
一阵绝望
知道再难实现设想
不出三刻
就要损身
头脑中闪过王印吴越等人
最后停留在程青晗
与她初遇溪边时
那蓝衣的影身

七

正在此时
忽听那元和殿上
响起笛声
清脆纯净
虽然悠扬
但却正气凛凛
姚原一咬牙
腾出空来望了一眼

正是程青晗
一袭淡蓝长衣
在房脊上
吹出这最新的曲子
那雪花
也似乎与这曲子相和
飘飘摇摇
慢落了几分

于是心中一暖
又定了定心神
这十二正经带动大周天
已经滞涩
细细一想
用出最后一分力劲
屏息内敛
气血收束
只让任督二脉通行
带动剩余奇经六脉
以小周天循行
虽这会重伤自己
但去除了十二正经的气血之涩
又提振起来
剩余这三分之一禁军
渐渐向外
跃纵的余地
会越来越多
同时静下心来

随那笛声起落
动作又即舒展万分
这蒙古禁军
自己的嗓子都喊哑了
毕竟已是两个多时辰
但这位大侠
却总能转危为安
又具足精神
所以也就更不用狠
毕竟朝乱尽知
他只是劝谏
并非为了杀人

于是笛声阵阵
节奏始终平稳
蒙古禁军不明其意
但对自小习舞的姚原
却如饮了十斤酒一样兴奋
这舞有乐和无乐伴奏
是那天壤之分

姚原恢复平稳
与那乐曲节拍一致
只有遇险之时
曲子才变奏提示
于是姚原又会调整分寸

又过得一个时辰

姚原忽然长喝一声
飞出最西
借着边上宫墙之势
又一个纵跃
跳上正乾殿的台阶
将那剑扔到台阶下插地
便空手立在那处
再不动身

而程青晗也是一惊
停住笛声
惊呼一声
面色惨淡
乱了心神

那禁军一拥而上
把姚原压在原地
停止呐喊
其他人重重围住
让他插翅也难动身
这时那程青晗已不顾生死
也顺着姚原留下的绳索下来
另一部分禁军涌过来
重重围在广场上
她却更加气色坚定
反而定住了心神

八

元帝命十几个近卫亲兵过去
将姚原押到正乾殿正中梯阶前
说道
你既然已冲出合围
也算勉强答阵
准你劝谏
交上你的谏文

却见姚原大笑一声
又咳了一下
说请元帝让禁军列好队
按顺序读他们背上刺的每一字
便是我的谏文

元帝惊愕万分
赶紧去命人检视
除了最西边的一小部分人
果见每个怯薛军背后刺字
只破衣而不伤肤
那宣令官一一抄录
向元帝示意
元帝道
念给所有朝臣

只听传令官高声念道

剑谏大元之书

天地浩浩，大千森森，明者则针细可知，昧者太行燕山不知纵横有别。

一国之界，兴衰常变。然一家更迭，亲疏立判。是以无君而人可扶幼自生，无民则君不过匪盗尔。轻民者则匪心，得民者方为国君。

自春秋始，老聃即以天人合一为个人之圣境，道以循道为重，故而人与天合，而天以人现。惶惶之论，而成天下之信理哲求。

既人人可为天人之合，则人人为天子，等平互对。然秦灭汉兴，为讨君欢，为证君贵，独尊儒术。而儒学不约束君之仁义，皆以君主为圣，不问何以为圣。盖人人之天合，成唯君主一人可以代天而言。故而徒以尊君主为圣，愚忠愚孝为至理。此道儒之矛盾，天下谁人不明。

是故贤君知民重仁义，而愚君恃天无恐，以孝忠为首推，而不论其何由。

而天下何以一统？非天子与庶人有别，凭天之意。亦非仁义而王天下，不得国时谁知其可仁义待民乎。故乃征伐之战使然。概一匪大统则强压万匪，天下稍安。熄灭征伐亦民之所愿，独匪之政胜过乱匪遍地，民不堪也。故皆愿天下成大统之势，延以至今。

而民之国，在于天下安平，人人得息。故民对国之所冀，在于调处纠纷，均得公正以待，不愿匪霸用强而争。而帝王之国，在于国为私产，帝制永祚，无论公正待民与否，民从之而不争。如此与匪如何成别？是故，圣君虽以匪争立国，而以持主顺遂民心而传国。而愚主，仍以生杀之器而驭天下，天下不得公待而必自求，自求不得即以愚主相同之匪心强求，徇私而成匪，天下匪盗又遍地矣。是以，国无心于民，则帝王世代为匪，是以天下皆匪，匪匪之争，无道无义，天下必以战之不测而更国主，改朝换代堪堪可停？

如此，国更代换为常，民无所冀也。唯有独善其自家而传承，此为幼得生而老有扶之不破之基，而轻国之谁主也。

儒学之说，于道哲所示人人皆天子不符。然何以仍为天下一统之基？概盼圣明之君主，公正以待，天下可家，则自家得传。天下为家，则子孝父，民亦忠帝王。是以卓然者入仕为臣，乃代民分权于君主，令天下可家，君家得传，民家得安。是为人治。故而立国以匪武之争，而传国以人治，乃历代数百年之基业之所在也。而若人治又循以成法，帝王自限，天下永家，则天下再不匪乱祸矣。

是故以律法治国，分权于士大夫，天下尊家远胜天子独尊。民如土而国非鱼也，公善持国则如浮土拌水，可筑帝王高台。而若用武之强，成水之封冰，民众如不跃之鱼，帝王妖舞其上，纵深寒三尺，可阻春化来否？必淹而尽矣。民为土而滋生自求，种发芽生之势，何人能阻矣？国非水而民非鱼被养焉，恰民之劳作而赋役哺国。民溺不赋而国冰自化。

故知自然之法者，以民之土而自养，帝王之家栋梁何愁不得？而民亦草木自兴，天下何愁不定、不安、不盛？民得自发之治，何以自乱、自辱、自毁？必合力成基，而筑帝王之固。

今劝谏于朝，盼考以历代之乱灭，何由起也。宋之国土窄狭，而困夹于诸国之中，何以大元数十年之战而不能灭，其因其由，当以明察鉴正，方得久安长治。而覆辙之路，必遇翻覆之旧沟横沉也。

一国之君，非一寨之匪，而以皇帝之位戏争也。

民无国而能自生自发，恒为常也。而君无民，空据一国，器纵利寨再严，无非一匪独大之江山。国不容民生，则匪遍地而起，天下多匪，而民更不得生，家破则天下皆匪。治民易，而灭匪难。国家必成水解而土崩之势，洪荒再复，匪霸林立之处，永不得宁矣。而匪以治匪，天下更入膏肓也。

今朝之摇摇，民之慌慌，人心疏离，若长此以往，必又匪野四起，匪火燎燎，天下翻覆，谁之幸也？

呜呼，诚望惰梦早醒，而晨察镜鉴，正以衣冠而尊视天下，安抚生民。

吾乃草介之民，戴罪之人，尚可知晓非治人治有别，何况自恃天子而承万重之君兮？

八

姚原早就抱定必死之心
不献笔墨谏书
大费周章
只为最后不连累吴越与王印

元帝啧啧称奇
正自沉吟
这姚原不求宽赦
却谏天下之治
实非凡人

姚原开口道
我剑谏朝纲
全以个人之力代天下生民而言
如今本是戴罪之身
又执剑惊驾
不求自己尸留全身
但请圣上
放过吹笛的程青晗
她未有罪过
只是挂念我的安危
求赦免闯宫的过错
还望这后一请
予以恩准

姚原知道如若程青晗被杀
不但此行无益
反会害了程天行即刻起兵造反
只有一念
不能连累天下一分
而元帝
自父亲武宗去世
仁宗继位
被流放边土
这十年早已体会了百姓的艰辛
蒙古人向以英雄义气为重
才横扫天下
轻叹一声
又问其余众臣

果然还是汉人臣子站出来
说这天下之治
向以汉学为继
此谏入里十分
请圣上慎慎纠问

而其他人也为姚原的大义所动
又不知如何评论
也就低头不语沉吟

元帝哈哈一笑
说道
这位姚侠客

本可以用这刺字的万余剑
杀十倍怯薛军
再杀我等众人
若如此有几人能活过今日
但却一人不伤
束手就擒
只为劝谏天下之治
更何况他是一个汉人
还死罪在身
朕大位刚立
众臣多有非议
多是这宫闱内事
有谁有如此之心
担忧天下生民
这阵既已经闯过了
这剑谏朝纲自然恩准

这侠义直言
当是一切的理由
朕自会酌实吸纳
而姚侠客过去之罪
朕早有耳闻
不过是奸权弄臣的诬陷
今日不但不会追罪姚侠客
还要特赦他当时的死罪
还以清白之身

汉学之统

士大夫与侠客精神
更证其真
明日听朝
朕便要讨论这汉统的精要
再加以举措
格格而论

传朕的旨意
赦免姚原侠客
还有这个蓝衣小姑娘
即刻送出宫门
公告天下
劝善万民

那禁军与亲兵
都是一等一的蒙古勇士
无不崇敬姚原与蓝衣小姑娘的胆量万分
又未伤了一人
所以齐声呼喝
跪下接令
高喊圣主隆恩
元帝这一善举
昭示自己的宽仁厚爱
一时不知笼络了多少军臣之心

此时姚原才单膝跪地
叩谢接旨
便转身几步

到了近前
去拉了程青晗的手
携手走向元和殿的大门

禁军重列
跟在他们身后
送出了一道道关卡
直到出了午门

九

大雪还在下
那程青晗忽地加一步
投入姚原的怀中
又羞愧万分
把脸紧贴他的胸膛
幸福得红一阵
白一阵

而姚原也抱紧她
长出了一口气
如今事过七八年
又恢复自由之身
而程青晗如何了解他
九脉雁阵
剑谏朝纲
都少不了她的功劳
心下本就压抑了多年的深情

又加上这感慨
这感激
把她抱得越来越紧
那大雪继续飞扬
两个人的头发尽白
都盼这天作之合
永也再不离分

终于姚原说
你冒的险太大了
不知这举动
早就超过我的把控所能
天下之势变
就决定在这一个早晨

青晗道
我哪管这天下如何
既然拿江山去换你的心
换不来
我就也拿命来互换
做你的有情人

姚原哈哈一笑
谁想刚到半截
却喉咙一紧
一口血吐出来
洒在雪地上
忽然一阵眩晕

原来这三个时辰的力战
不觉已是快近黄昏
这大周天之塞
又动用小周天的加力
已是受了极重的内伤
在元帝面前
为保持这威严
所以一忍再忍
此时这一放松
忽然气血翻涌
终觉嘴里发甜
再也难以压下一分

青晗急了
不知如何
放开他
哭出了声音
姚原却心知肚明
说道
只是运功而战
一时气血塞淤
不打紧
不打紧

于是青晗赶紧把他扶着
一步一步走向城门
说我们去城外的大通客栈

还有好消息
会让你惊喜万分

到得大通客栈
却不见什么异样
两人开了两间客房住下
这竟是姚原一生里
头一次住客栈
此前
他这五六年竟一直住在野地荒坟
每晚面对冰月霜星
如今万分欣喜
他不再是死囚的身份
可以光明正大地以面示人

又过了三日
忽然有人敲他的门
开门之后
竟见王印吴越
连同筱洁和方珝
正站在门外
立时心暖如春

原来
他们四个不日去往金陵
路过镇江
正好被四处打探的青晗追上

一年多没有消息
她早已落魄失魂

王印见青晗既然已经来不及阻止姚原
便把他去大都剑谏朝纲的事情说了
哪知青晗便利用飞鸽传书
命那天蚕教河南光诚门
匆必告知少林寺
拦截姚原
否则去告少林私通囚犯
一定会闹到衙门
少林方丈知道无法推辞
便亲自带上人
在骑马必经的大路
守候了两日
终于截住姚原一人

虽没有用尽全力
将姚原留下
但却被刺破衣服
早够交代
便收了阵

而这也成全了姚原一年多不战
来了最好的一次热身

而程青晗便即刻买马
急急追那姚原

见河南没有拦住
又直奔大都
那程天行在东指壶山常驻
便是刺探大都城防
以及皇宫布置
跟青晗细细说过
所以她借助挠钩绳索进了皇宫内院
趁夜埋伏在一处
加之那个上午大部分怯薛军去了一处
才爬上元和殿
一看究竟
所以才又以笛声为姚原助阵

而青晗与王印等人分手时
吴越提出过一起去
青晗着急
便说如果在河南嵩山没见人
就去大都外的大通客栈碰头
便独自放马飞奔

于是几人一商议
便也买了马
到了金陵
交代小青约好的地点
在此留守
一起去了大都
每个人其实都焦急万分
都想尽快知道消息

若在金陵
会熬煞了人

毕竟方珝筱洁不善骑马
所以耽误了两三天
才到了大都客栈
本不敢打听
却听那往来的客人都在议论
说刺字大侠剑谏朝纲
破了千人大阵
元帝不但不杀
反而赦免死囚身份
心中大喜
才赶紧去问了伙计
有没有如此的男女二人
伙计便给他们指了
那些客人虽然在讨论
但缉拿姚原的画像还是五年多前的事
此时谁记得一分
所以姚原被街谈巷议
却没人看出过他的身份

第十章　慕云别院

一

如今姚原已经是清白的身家
大家一番感慨
都如释重负
阴霾尽扫
自然欢喜得笑面如花

姚原毕竟年轻
伤势只是经络脏腑不畅
又成普通人
虽然隐忧很大
但眼前却无大碍
所以多住了几天
和一干人等
去大都体会这繁华
但终究还是被人认出
围拢之下
王印怕多生枝节
几个人喝了一场酒
王印于半醉之时
题诗一首

早春

春来无需路
寒退何必促
一棵野草生
刺破冬心处

大家又感慨一回
于是第二日
便一同骑马离京
一路欢声笑语
无牵无挂

路过河南
姚原特意又转去焦作
王印找到当初寄马的人家
把青晗在东指壶旁双齐镇上给姚原的马领回
又留下所骑之马
感谢人家
青晗自然高兴
含情脉脉
再不是那个刁钻的小姑娘家

而再过少林寺附近
已是初春
早遍地生芽
特意去会了少林方丈玄禅大师

把自己亲历的大小周天运息搏斗的危害
现身说法
请玄禅大师修书通知武林诸派
建议功夫分成三种
一种是表演性的
以身姿优美为恰
一种是修炼性的
为筑基与健体所用
一种是搏击而用
不宜贪图这运着气血相杀
玄禅大师口念阿弥陀佛
赞姚原乃真正的大侠

又说道
姚大侠生死搏杀之时
身姿优雅
实令我辈堪堪
云泥之别
一定给诸派捎话
感念大侠正本清源
无私无狭

姚原也即刻施礼相拜
感谢当时赶往大都的路上
玄禅以乱阵群殴相拦
点拨自己如何应对情势的复杂

玄禅了然一笑

命人奉茶

二

待到了金陵
春色正浓
接了小青
小青早已听说姚原的事迹
高兴得手舞足蹈
不知怎么用言辞表达
几人商议向何处去
青晗劝姚原去崇明岛
这内伤只有孙公能调治
再也找不出第二人在这天下
但姚原坚决不想与天蚕教再扯上关系
自己本就是痴于舞
而非武术
出道以来未伤过一人
剑下没有见过一滴血
没有任何仇家
不如就此归隐
再不参与这江湖的搏杀

于是吴越道
如今我们都得偿所愿
再无牵挂
不如去大理
上次那个秀秀姑娘

热情好客
当地好舞
不如在那里有乐有舞
吟诗作画
都安了家

王印说道
姚原兄弟虽然不再是死囚
但天下之人
谁没有在帝王之制的囚笼中呢
既然这天下之牢牢不可破
不如我们就此隐居
做一个世外之人
专心于自己所痴
倒是唯一在牢狱之外的自救之法

大家于是一致同意
便趁春色
游了一回江南
就准备出发

此时元帝已出台了汉化之策
设立了奎章阁学士院
考察历代治乱
蒙古贵族都要学习这汉人经史
以治天下
又翻译儒学典籍成蒙古文
供以官僚及贵族参察

同时修《经世大典》
治世成法

王印知道剑谏生效
又赞了姚原英雄盖世一回
便一行开始南下

其实元廷内乱
元文帝若没有一个新的矛头所向
绝难稳定
所以借这劝谏
好坐稳来路不正的皇帝之位
安抚天下

三

到了大理
已是七月
这里四季如春
民风淳朴
喜出望外
便找了客店住下

还在苍山洱海间流连之时
秀秀已找上门来
三年间已出落成大姑娘
一定要带他们去慕云别院安家

到了那里
见是一片密林之中
格外清净
溪水潺潺
格外风雅
于是秀秀先安排住下
又下令再盖三座小院
便摆酒相庆
姚原吴越待要客气
那秀秀便假装生气
说这条命还是姚原大侠救下
才有这般芳华

转过年去
择了良辰吉日
姚原与青晗
吴越与筱洁
在新院里拜过天地
正式成家
而王印与方翊
也一起办了喜酒补过
于是欢天喜地
终于斩断瓜葛
各成吉庆有余之家

姚原王印与吴越
此时才知
真心真意的爱情

也和各自的艺术一样
让人可以同样逃离乱世的锁枷

不出半月
有人送来一个包裹
说是给青晗
打开一看
正是一部医书
是孙公所作
分四章讲了医理
医药
针灸
最后便是功夫内伤调治
讲述大小周天之修复要解
无不详尽周密
青晗一看
不由得泪落而下
正是程天行的贺礼
姚原安慰一番
也感念于他

四

元文宗在位只三年
临死为了洗刷毒死亲兄元明宗的负罪之心
立明宗次子为帝
年仅七岁
但继位两月便去世

为元宁宗
后元宁宗的哥哥继位为元惠宗
扫除权臣伯颜后
延续汉化
程天行始终未能等到天下大乱的时机
只能按兵不动
直到全白了头发

天下虽有小变
但波澜不惊
政治虽然还是纠缠不休
但只限朝廷之内
但对百姓宽松更大
繁荣有加
终于元惠宗坐稳大位
一改之前的击鼓传花

而那些日子里
王印依然痴迷于诗
吴越更是心无旁骛地画
姚原则仍是每日习练基本功
在舞蹈上不断奋发

每隔两三年
兄弟三个便约上一起出发
走出云贵
拿出半载
去云游天下

七年后
又有人送来加急信函
青晗拆看
原来是程天行抑郁寡欢
时日无多
临终想见青晗一面
望速速去崇明岛
后事交代有话
青晗听了姚原的
此时已有三子
带上大儿子盼宁
起身去了江南
半年后方始回家

五

青晗回来
才讲起已逝父亲的过往年华
那程天行的父亲
本是崖山之战时殉国的将军
死时程天行不过十几岁
此后见天下又臣服元朝
始终觉得百姓如猪狗一般
无人念及父亲功绩
却又对元廷效忠不二
决心自己称帝
恨入心下

他家本在徽州
黄山脚下
二十几岁时
遇到一个道长进山清修
被毒蛇咬伤
自知时日无多
不忍《通灵辑要》失传
便把这内功之法
传给救护了道长的他
程天行本是难得的天才
用了几年
功成之后
便去江湖行走
打败了各路豪强
称雄天下

但自己的爱妻
三十余岁才得
就是青晗的妈妈
一路追随
过于劳顿
生下青晗
不到两岁
便重病离世
扔下了程天行和她

程天行不久之后

一心找到《九龙恒咒》
没有踪迹
这称帝之事不得不缓办
隐退江湖
让孙公治伤
又一起挟持了葛公
进驻崇明岛
担心这江湖的尔虞我诈
他后来怕牵累了青晗
把她寄养到燕山脚下双齐镇上
也便于自己
随时把大都的动向考察

直到青晗长大
程天行听说了姚原在上都的事迹后
知道这是一个机会
便安排救了姚原
既想借着姚原的口碑
成就自己的称帝大业
又想将女儿托付于姚原
才有后来
这种种的变故
出乎预料于他

六

青晗又流了一回泪
又讲了程天行的后事

稍觉欣慰
平复了很多
抹去了泪花
程天行见到外孙盼宁
知道姚原感念他救命之恩
不计过节
而让盼宁姓程
只为成全他世上有后
且以名字劝程天行放下恨计仇谋
欣喜之下
又多活了两个月
说万分感谢姚原
宽谅于他

他应青晗之请
让孙公葛公各自回家
得偿所愿
著书立说
受益天下
不再服务于他天蚕教一家

而为了以后的天蚕教
不被小人主使
不会再连累到姚原一家
在孙公葛公临走之前
紧急召回并解除了督教圣英们的“猪笼”
又布告了各帮各派
就此不再管辖

程天行想起自己的一生
翻然悔悟
有了后人
见到了过继的亲孙子
才知道自己也像百姓一样
其实只想过自己的安稳日子
子子孙孙世代相传
以自己的家为大
并不关心
是宋是元
这都是江湖与朝廷
翻来覆去地烙饼
这一生
愧对了自己的爱妻和女儿
一身武艺
愧为大侠
更愧对这一个家

于是他溘然长逝
临死却大笑三声
高声道
自己一辈子心中有国而无民
能把挚爱的女儿
交给姚原
一辈子心中有天下之民而无国
交给这一位真正的大侠
也算上天对自己不薄

厚爱于他

七

彼时
王印吴越
也各有两三儿女
小青与秀秀
也碰到意中人
在慕云别院
都有儿女和幸福的家

王印与姚原
时常看着孩子们
在一座小土包上
玩着攻城游戏

一方守山
一方攻山
都拿着树枝做武器
守的四面设防
攻的不停筹划

只有小女孩们
在一边
你当母亲
我当女儿
高高兴兴地在过家家

后　记

姚原后来精通医术，救过远近无数的人，有一年去山里采一味极稀有的药，寻得太远了，竟误打误撞进了一个很大的天坑。

那里住着一个部落，自夏朝便避世此处，安安乐乐地传承了近三千年。

姚原不但为部落治病，也把自己学得孙公精髓的医术都传给了部落，还留下了孙公所著的医典。那部落的族长无以为报，便把一部书回赠回去，正是《九龙恒咒》。

那《九龙恒咒》上部为记事，内情就是本书的序言所写，下部则是讲如何详细计算一个朝代国运的十分具体的方法。

族长会定期派人密查世外的动静，那《九龙恒咒》经过几千年的修订，准确的能有九成以上，姚原翻阅之后暗自感叹却没有收下。

族长说姚大侠与王印、吴越及程青晗等四人应该各自就是八龙传人之一，所以命运如此之好，历劫总能化险为夷，合而出世，必能再建一个王朝。以四人为基础，随便再得一人相助，最差也能维持个两三百年。若同心协力，或许还能恢复九龙至尊的推选制度。

姚原便说，这人一旦去想驾驭天下，称帝之心就会让他变了性情，谁还能亲如兄弟，比较之下，我们宁愿还痴于各自艺术、相爱相亲，又共赏共识。

族长于是感叹说按这《九龙恒咒》元朝气数将尽，不过剩下数年的国运，你四人隐而不发，又会成全一批欺世盗名的贼人。

元惠宗在位二十余年，治下，元朝愈加繁荣。姚原并不相信，只说侠之大者，并非主持江湖公义，更大的侠义，是告诉世人如何永远独立自主，去驾驭自己的身心与命运，人人都有侠义之心，则国家自清，世间可人人自明。但现在国人历经千年战乱，已经都不关心国事，只在乎自己之家。我们诗画乐舞之痴，也一样与侠义相同，主旨在独立自主，从天下的监牢中脱锁而出，而自得自由自在，这些道路无处不在，虽然隐居，但天下生民总有一天，见了我们作品，我们的故事，会知道这才是人之本愿，世之明心。到时，这天下自会还之于民，如这内伤之病，抽丝剥茧，方能再周天通顺。

于是告辞，为了不打扰这部落的隐秘生活，也为了留一条后路给大家，更为了兄弟姐妹之间这一份情谊，并没有告诉王印吴越等人有过这样的奇遇。

哪知真被《九龙恒咒》说中，数年之后遍地枭雄又起，战乱多年，大明凭明教势力建国，屠杀了其他派系的起义首领后，随之又禁明教，而按这《九龙恒咒》的推论也超不过三百年的国运。姚原与王印等此时已经有了少许白发，直到天下初定，姚原才单独告诉了王印自己的奇遇，惭愧未告知他，他本可以借机实现这考试决定皇帝，并且一法之下皇帝与百姓共遵的宏愿。

但王印却笑道，我心中有此国，但吾国却未必有此国民。再说我痴诗一世，不把这性格推翻重建，变成匪盗之心，如何去镇压乱匪如林？这是天意，让你我兄弟姐妹互敬互爱一世，皆以真心。

两人相视一笑，聚了吴越与一众至亲，痛饮一场，绝口不再传言此事，只为儿女们承接了他们的痴艺之心，而欣慰万分，王印又题诗道：

冰月霜星

遍地山为枕
谁梦甜几分
霜星布九天
尽是烁烁辰
冰月化又结
冷暖任谁心
天寒天不梦
地醒地又春
梦里难改梦
人人锁成民
帝王难做匙
江河更缠身
天下唯共醒
千古可重新
梦者永不醉
醉者皆真真

错河

2019 年 5 月 30 日

作者后记

我一般喜欢趁热打铁去创作一部部作品。一首作品的思路出来，就会即刻去细化并第一时间写出来。因为那时的情感才是最真实的，作品也更容易因为激情澎湃而显得浓墨重彩。但这部《冰月霜星》与其他作品则大有不同。它最初有了雏形是在2015年年底。但因为想写得更深入一些，一直没有动笔。历经了三年有余后的思考与不断丰富后，才开始着力写作。而一旦开始动笔，因为积累足够充分，所以第一稿在二十多天内几乎一气呵成，写得非常畅快。

而这三年多的时光中，仿佛有如神助。

先是接拍了一部纪录片，聘请我做总撰稿人兼任分集导演。而纪录片的主旨就是讲道家医学和中医的关系，力图展现中医的基础思维模式和思想精要。于是我花了大量的时间去了解和研究中医。期间因为拍摄的需要，到武当山、青城山和其他一些关系重大的地区采编故事和人物，经常参加一些中医的学术研讨会议。也因此有了机会更深入地了解传统医道。

其次，采编拍摄期间也发现医学和武术息息相关。如最初的五禽戏、八段锦、六字诀等养生操与太极拳、内家功等之间有千丝万缕的联系。尤其中国的武术中的内家功夫，与讲经络气血的中医几乎是一脉相承。这也形成了我对中国功夫的历史视野。

再者，是对元朝史的研究。通读一些著作后，发现相比其他朝代，元代帝王的更迭极为频繁。这也更坚定了我写作的方向是以民间武林人物的故事为主线，通过他们的视野和成长，来展现元朝中期的社会图景。而故事的主要框架早就成形，又在精细计算年代的更迭的时候，发现从元英宗到泰定帝，再到元文宗这六七年更替的期间，与我想展现的故事很是贴合。于是故事的框架也就更为明确而成熟了。可以说，我是先有故事，再定制化地截取帝制年表作为背景。这也是我所没有想到的，历史会有如此一段时期，能够完全符合主人公的所在背景，来让人物更为成熟丰满，让作品本身具有更强烈的历史感和现实性。

但写史诗，如果缺乏了神话色彩，那么人物的闪展腾挪的空间也就受限。这也是迟迟不去动笔的另一个原因。我始终在思索如何给故事注入神话色彩，来获得足够的空间。最终我选择了帝制循环的上古咒语来作为大的背景，以说明帝制之下人人都是囚徒，都在寻求最终的破解之道。

做足了这些工作之后，也在和史诗中的人物于心中一起生活了三年有余后，这部作品也就水到渠成了。

但更大的助益，还是来自北大的于泽辉师兄。于泽辉师兄是北京大学知识产权分会的副会长，他创立的业界知名的集佳律师事务所，也是中国知识产权服务领域的翘楚。正是因为北大法学院校友会的撮合，我于2019年5月11日有幸结识了师兄。先生极度慷慨又乐善好施，他多年来坚持每年拿出可观的资金来资助贫困地区建学、助学。且为人低调，从不声张。一番恳谈之后，听说我正打算出版三部作品，第一面便欣然允诺资助出版事宜。而受此鼓舞和提振，我当晚便列出这部作品的提纲，并于次日开始写作，仅仅用了二十余天便完成了这部作品。

而我当时唯一能报答他的，便是答应他做这部作品的第一个读者。所以夜以继日地写完后，第一个发给了先生过目。

史诗在中国并不发达，成熟于西方文化。但我想对于刚满百年的新文化运动所着力构建的现代文体系以及在此基础上的文学方向而言，注入史诗元素是必要且有益的。这也是我执着写作的原因。所以更要感谢于泽辉师兄的成全。

除此之外，还要感谢北大校友会的党淑平老师。这么多年以来，党老师知道我一直倾注全部心血在诗歌创作上，以此实现自己为现代文语言奠基的理想，而这又不是什么有利可图的热点事业，因此生活捉襟见肘。她总是时时挂念，尽最大可能地在很多方面帮助于我，她最清楚于泽辉师兄的事迹，在她的热心联络下，才有了我这次与于泽辉师兄的相遇及一拍即合。其实不止于此，除了给过我悉心呵护，党老师不仅记得每位校友的贡献，也热心帮助了太多校友，做了太多实际而有效的工作。这里仅以文字一并谢过了。

最后还要感谢为本书做序的北大中文系汪锋教授。汪锋先生比我低一级，是我师弟。本来并不熟络，交往机会不多，2019年睡在我下铺的兄弟王卓异教授从美国回来探亲之际引荐我重新结识汪教授，第一面我就直来直去对饭馆的菜品横竖乱挑，让做东的汪教授很下不来台。没想到他不仅宽宏大量，不予计较，还更加关注我的作品，并在其后的聚会中欣然承诺为本书写序，令我惭愧万分。这序言写得颇费心力与笔力，中肯而炽热。如今更是不自居教授身份，与我这江湖散淡的穷诗人成了要好的朋友，给予更多支持与爱护，让我由衷感激。正如他所说的，我们都在努力让北大成为真北大。

那就期盼这部作品能不负于泽辉先生和党淑平老师的厚望，也不负汪锋先生的点拨，带给读者朋友们一段有益的阅读时光。

错河

2019年11月6日